Mona Sternfeld

GIRLS-CLUB
Wir halten zusammen

Kleider machen Leute

Schneider Buch
EGMONT

Bibliografische Information Der Deutschen Bibliothek
Die Deutsche Bibliothek verzeichnet diese Publikation in der Deutschen Nationalbibliografie; detaillierte bibliografische Daten sind im Internet über http://dnb.ddb.de abrufbar.

Vertrieb durch Egmont vgs verlagsgesellschaft mbH, Köln
Titelbild: Thomas Haubold
Umschlaggestaltung: Basic-Book-Design Karl Müller-Bussdorf, Herrsching
Druck und Bindung: Ebner & Spiegel, Ulm
ISBN 3-505-12153-3

05 06 / 8 7 6 5 4 3 2 1

Wege zum Ruhm

Der Scanner glitt über die Strichcodes der Etiketten. Mit einem leisen Piepsen zeigte er an, wenn er den Betrag gespeichert hatte. Eine Hose, zwei Blusen und ein T-Shirt.

„Neunundachtzig neunzig“, sagte die Kassiererin mit freundlichem Lächeln.

Pia öffnete ihr Portmonee und reichte einen Hunderteuroschein über den Tresen.

„Ein Vermögen“, seufzte sie, nachdem sie das Wechselgeld und die Tüte in Empfang genommen hatte.

„Freu dich doch“, sagte Mascha, während sie die Rolltreppe betraten. „Dazu war das Geld von deinem Onkel doch da.“

„Klar, schon“, sagte Pia. Sie warf einen Blick in die verspiegelte Fläche neben der Rolltreppe und strich ihre langen dunklen Haare zurück.

„Du meinst, es ist nicht gerade so, als hättest du nichts zum Anziehen gehabt?“, schlug Cherry vor.

Pia sah sie mit einem entschuldigenden Lächeln an. „Ja, ich fürchte, das trifft den Nagel auf den Kopf."

Es war tatsächlich so. Pias Kleiderschrank war kurz vor dem Platzen. Hosen, Pullover, T-Shirts und Blusen, es war alles da. Und zwar in Hülle und Fülle. Natürlich auch Schuhe und Schals und Taschen – Pia liebte es, jeden Tag etwas anderes anzuziehen. Sie konnte Stunden vor dem Spiegel verbringen und neue Kombinationen ausprobieren.

„Trotzdem. So einen Onkel möchte ich auch mal haben", sagte Cherry. „Der mal eben so hundert Euro da lässt."

„Und dann würdest du dir auch neue Klamotten kaufen?", fragte Mascha. Sie waren im Erdgeschoss des Kaufhauses angekommen und gingen nun durch die Kosmetik-Abteilung nach draußen.

„Nee", meinte Cherry und warf nur einen flüchtigen Blick auf einen Tisch mit reduzierten Produkten. „Eher irgendwas Neues für den Sport."

Cherry war eine begnadete Sportlerin. Entsprechend war ihre Figur. Und der Jazz-Tanz, den Cherry in der letzten Zeit neu entdeckt hatte, passte optimal zu ihr. Ihr Hüftschwung war umwerfend.

„Mein Onkel mag eben elegante Frauen“, sagte Pia. „Und weil er heute Abend zu Besuch kommt und uns seine neue Freundin vorstellt, habe ich gedacht, es ist genau richtig, wenn ich mir für diese Gelegenheit etwas Neues von seinem Geld kaufe.“

„Was? Dein Onkel hat eine neue Freundin?“, fragte Mascha. „Seit wann?“

Pia grinste. „Also wirklich, Mascha! Wenn man dich so hört ... Man könnte glatt meinen, du interessierst dich für ihn.“

Mascha wurde rot. Es stimmte. Sie hatte immer eine kleine Schwäche für Pias Onkel gehabt. Was einerseits wohl daher kam, dass er gar nicht wie ein Onkel wirkte und auch nur gut fünfzehn Jahre älter war als seine Nichte Pia. Zum zweiten aber lag es daran, dass Pias Onkel Torsten – wie Mascha fand – ganz unglaublich gut aussah. Entsprechend hatte er ziemliches Glück bei den Damen. Was einen vergleichsweise häufigen Wechsel derselben mit sich brachte. Zusammen mit seinem spannenden Job – er war

Börsenmakler – und dem gut gefüllten Bankkonto kannte Mascha nur einen Begriff für Pias Onkel: ein Traummann. Und für Mädchen wie Mascha oder auch Cherry einfach unerreichbar.

Wer für sie hingegen erreichbar war, das waren Jungen wie zum Beispiel Vic, Maschas Ferienflirt. Klar, er war ein netter Typ. Aber noch vor dem Ende der Ferien hatte Mascha selbst dafür gesorgt, dass die Sache wieder im Sande verlaufen war.

Pia übersah, dass Mascha glatt rot wurde.

„Ja, er hat wieder mal eine Neue“, sagte sie. „Aber diesmal ist es angeblich etwas Ernstes. Ich bin gespannt“, sagte sie, während sie das Kaufhaus verließen.

Es war abgemacht, dass Pia von hier aus nach Hause ging, während Mascha und Cherry noch weiter durch die Stadt bummeln wollten.

„Du musst uns unbedingt erzählen, wie es war“, bat Mascha.

„Ein Hauch von großer weiter Welt – für uns arme Kleinstadtmädels“, fügte Cherry spöttisch hinzu.

„Klar, mach ich“, versprach Pia. Dann drehte sie sich um und ging zur Bushaltestelle.

„Sie hat jetzt schon einen Gang wie ein Model", stellte Cherry fest, als sie und Mascha ihrer Freundin nachsahen.

„Na klar", meinte Mascha. „Früh übt sich …"

Der Tisch im Esszimmer der Familie Gehrke war fix und fertig gedeckt. Pias Mutter hatte sogar Kerzenleuchter aufgestellt. Anscheinend wurde es ein richtig schicker Abend. Dass das schöne Geschirr und das Silberbesteck auflagen, war sowieso selbstverständlich. Wenn Torsten zu Besuch kam, gab sich Pias Mutter immer besondere Mühe. Man hätte auch sagen können: Sie verwöhnte ihren „kleinen Bruder" nach Strich und Faden. Und es war kaum zu leugnen, dass man Torsten dieses Verwöhntwerden, das er von Kindheit an genossen hatte, anmerkte. Aber trotzdem: Pia mochte diese aufwändigen „Torsten-Events", wie sie die Besuche ihres Onkels nannte. Genau wie er hatte auch Pia Spaß an schönen Dingen. Und ein schöner Abend wie dieser, an dem sich alle schick machten und der Tisch so hübsch gedeckt war, zählte eben auch dazu.

In gewisser Weise teilte Pia sogar auch Torstens Leidenschaft für schöne Frauen – natürlich auf einer anderen Ebene als er. Ein bisschen war es schon so, wie Cherry spöttisch gesagt hatte: Torsten und seine schönen Freundinnen brachten den Hauch einer anderen Welt ins Haus. Einer äußerst wohlhabenden und gut aussehenden Welt. Und wenn er bei ihnen zu Besuch war, hatte Pia das Gefühl, zumindest ein bisschen zu dieser Welt dazuzugehören.

Pia zog sich gerade einen dezenten Kajalstrich unter die Augen, als es klingelte.

Augenblicke später hörte sie, wie ihre Eltern im Flur Torsten und seine Freundin begrüßten. Pia schminkte sich in Ruhe zu Ende. Sie strich ihre Haare nach hinten, zog ihre Bluse glatt und warf sich selbst ein gewinnendes Lächeln zu. Dann ging sie ins Wohnzimmer, wo die anderen bereits Platz genommen hatten.

Sobald sie die Schwelle überschritten hatte, wäre Pia beinahe die Luft weggeblieben. Neben Torsten saß eine Frau. Damit hatte Pia gerechnet. Aber dass diese Frau, von der Pia wusste, dass sie Nadja hieß, so umwerfend aussah …

Sie stellte alle Frauen in den Schatten, die Torsten jemals mitgebracht hatte. Und da sich innerhalb weniger Augenblicke bereits mitteilte, dass sie nicht nur „schmückendes Beiwerk" zu sein schien, wie Pias Vater schon durchaus die ein oder andere Begleiterin seines Schwagers genannt hatte, sondern offenbar auch Charme und Intelligenz besaß, waren auch Pias Eltern anscheinend recht angetan.

„Pia, meine Hübsche!", rief Torsten und breitete einladend den Arm über die Rücklehne des Sofas. „Komm. Setz dich. Setz dich neben deinen alten Onkel. Wenn du es neben einem Fossil wie mir aushältst."

„Hallo, Torsten", sagte Pia und setzte sich zu ihm aufs Sofa, nachdem sie Nadja begrüßt hatte. „Du redest mal wieder Quatsch."

„Das macht das Alter", antwortete Torsten. „Greisengestammel. Aber gut siehst du aus", stellte er fest und seine Augen leuchteten. „Dafür, dass du als Baby so ein Mops warst."

„Wie bitte?", versuchte Pia die Frechheit lachend zu parieren. Aber sie wurde trotzdem rot.

Ihre Mutter lachte ebenfalls. „Na, komm", tadelte sie ihren Bruder freundlich. „Sie war immer eine ganz Süße."

„Klar", sagte Torsten. „Und süß ist sie ja auch

immer noch. Aber jetzt ist sie kein Baby mehr, sondern eine richtig hübsche junge Dame", fuhr er fort. „Anmutig und schön wie ein Schmetterling. Und vorher war sie eine gefräßige Raupe. Wie das bei Schmetterlingen eben so ist", setzte er mit einem Grinsen hinterher.

„Na, du machst ja reizende Komplimente", schaltete Nadja sich lachend ein. „Ich finde, das musst du dir nicht bieten lassen", wandte sie sich an Pia.

Obwohl Nadja ja hier im Wohnzimmer bei Pias Eltern saß – Pia war überhaupt nicht auf die Idee gekommen, dass ihr Gast sie ansprechen könnte. Nadja kam ihr vor wie ein Wesen von einem anderen Stern, geradezu überirdisch schön. Pia hatte sich fast vorgestellt, dass sie daher auch eine andere Sprache sprechen müsste. Mindestens Englisch ...

„Du findest also auch, dass sie gut aussieht?", wollte Torsten von Nadja wissen. Pia war überhaupt nicht dazu gekommen, zu antworten.

„Aber ja", antwortete Nadja. „Pia sieht sehr gut aus."

„Maus, hörst du, was Nadja sagt?", fragte Torsten und stupste Pia scherzhaft mit dem Ellbogen an. „Und Nadja kennt sich aus. Sie ist nämlich Profi. Sie modelt."

Pia traute ihren Ohren kaum. „Was?", rief sie. „Sie sind Model? Ach, ich würde auch so gern Model werden."

„Oh, bitte nicht wieder dieses Thema", warf Pias Mutter entnervt ein. „Ich habe dir schon hundert Mal gesagt, erst machst du die Schule fertig. Vorher werden keine Fotos durch die Gegend geschickt."

„Meine Schwester ist eben konservativ", bemerkte Torsten spöttisch.

„Oh, ich finde, deine Schwester hat vollkommen Recht", antwortete Nadja. „Ich finde es unmöglich, wenn die Models immer jünger werden. Das geht auf Kosten der Ausbildung der jungen Mädchen. Denn eines Tages ist natürlich Schluss mit dem Laufsteg und den Fotos. Dann ist man zu alt. Und wenn man dann nichts gelernt hat, sieht es düster aus." Sie wandte sich an Pia. „Ich bin von Beruf Grafikdesignerin. Allerdings habe ich während meiner Ausbildung nebenher schon Fotos gemacht ..."

„Apropos Fotos", sagte Torsten. „Zeigt doch mal die Fotos, die Pia hat machen lassen."

Pia wollte schon aufspringen.

„Warte, Schatz", rief ihr Vater sie aber zurück. „Dazu ist nachher auch noch Zeit. Ich glaube, wir müssen erst einmal essen", sagte er und schnüffelte in Richtung Küche. „Der Braten ..."

„Der Braten!", rief Pias Mutter und sprang auf. „Um Himmels willen, der Braten! Den hätte ich fast vergessen ..." Damit stürzte sie hinaus. Und Pia hatte das Gefühl, dass er nicht ganz zufällig ausgerechnet in diesem Moment aufgetragen werden musste.

Während des ganzen Essens saß Pia auf heißen Kohlen. Jeder Versuch, sich auf das Gespräch zu konzentrieren, schlug fehl. Außerdem bekam sie kaum einen Bissen herunter. Erst der Nachtisch, das Eis mit den heißen Früchten, rutschte etwas besser. Die Aussicht, ihre Fotos einem Profi zeigen zu können, und das, obwohl ihre Mutter doch so sehr dagegen war, war einfach zu spannend.

Nach dem Essen wechselte man wieder zurück zur Sitzgruppe. Anstatt neben Torsten aufs Sofa, setzte Pia sich jetzt in einen Sessel neben der Tür. Um besser aufstehen und ihre Fotomappe holen zu können.

Aber zu ihrem Leidwesen drehte sich das Gespräch mittlerweile um alles andere als um Models. Es ging um Reisen. Ein Thema, das Pias Eltern ebenso bewegte wie ihren Onkel Torsten.

Natürlich wäre Pia am liebsten einfach aufgestanden und hätte ihre Mappe geholt. Aber es kam ihr ein bisschen kindisch vor. Brachte denn niemand das Gespräch darauf zurück?

Es wurde später und später. Allmählich gab Pia die Hoffnung auf. Es wäre ja auch zu schön gewesen, um wahr zu sein …

Sie gähnte verstohlen. Es war mitten in der Woche. Morgen war Schule. Ob sie besser ins Bett gehen sollte?

Nadja war kurz hinausgegangen. Jetzt kam sie zurück. „Bist du müde?", fragte sie leise und legte Pia leicht die Hände auf die Schultern.

„Ja", sagte Pia. „Ich geh auch gleich ins Bett."

Nadja beugte sich zu ihr herab. Pia roch ihr feines Parfüm. Es umgab sie nur ganz schwach, kaum spürbar. Eigentlich nur ein Hauch. Und dieser feine Hauch war viel bezaubernder als die deutlich spürbaren Wolken, mit denen sich manche von Pias Mitschülerinnen umgaben. „Dann zeig mir doch noch schnell deine Fotos", sagte Nadja leise. Es klang geradezu verschwörerisch.

Augenblicklich war Pia wieder hellwach. Sie war selig. Das lange Warten hatte sich also gelohnt! Innerhalb von Sekunden holte sie die Mappe und reichte sie Torstens Freundin.

Nadja schlug die Mappe auf. Sie betrachtete die Fotos eingehend, eins nach dem anderen. Pia in der Totale. Pia, über die Schulter blickend. Rittlings auf einem Stuhl sitzend und die Arme auf die Lehne gestützt. Pia im Stehen, Pia als Porträt ...

„Und?“, drängte Torsten. Das Thema Reisen war mit einem Mal nicht mehr so wichtig. „Wie findest du sie? Ist sie nicht toll, meine Nichte? Kommt sie nicht nach ihrem Onkel?“

Nadja warf ihm einen ironischen Blick zu und blätterte die Mappe bis zum Ende durch. Sie sah noch einmal kurz ein paar weiter zurückliegende Fotos an, dann klappte sie die Mappe zu. „Sie ist gut“, sagte sie.

„Meinst du, dass sie Chancen hat?“, forschte Torsten weiter. „Ich meine, so ein Talent, das muss man doch nutzen.“

Die Zeit schien plötzlich stillzustehen. Pias Augen fixierten Nadjas schöne und perfekt geschminkte Lippen. Von ihnen hing mit einem Mal Pias Wohl und Wehe ab ... Egal, was ihre Mutter meinte ...

Nadja lächelte. „Ja, sie ist gut“, sagte sie noch einmal. „Ich finde wirklich, Pia ist richtig gut.“

„Hat sie Chancen?“, fragte Torsten noch einmal.

Nadja lächelte wieder. „Ja. Ich glaube, sie hat Chancen.“

Pia musste sich alle Mühe geben, nicht vom Stuhl zu gleiten und vor Nadja auf die Knie zu sinken. Aber was kann man denn stattdessen tun, wenn einem gerade erklärt wurde, dass der Weg zum Ziel aller Wünsche frei ist?

„Würden ...“, stammelte Pia. Ihr Hals war plötzlich trocken wie die Wüste. „Würden Sie mir helfen? Eine Agentur zu finden, meine ich, jemand, der mich vermittelt ...?“

„Ja“, sagte Nadja wieder. Und Pia war überzeugt, noch nie eine schönere Frau gesehen zu haben. „Das will ich gerne tun. Sobald du mit der Schule fertig bist und deine weitere Ausbildung ins Auge gefasst hast“, setzte Nadja mit einem freundlichen Lächeln hinterher.

Die Neue

„Und? Wie ist deine neue Tante?“ Cherry und Mascha standen schon auf dem Schulhof, als Pia ebenfalls dazukam.

Die Schule hatte erst seit einer Woche wieder begonnen. Trotzdem war Pia an diesem Morgen nicht ganz so leicht aus dem Bett gekommen wie sonst. Was aber vielleicht weniger an grundsätzlich mangelndem Schwung gelegen hatte – den hatte sie so kurz nach den Sommerferien durchaus noch – als eher daran, dass sie die halbe Nacht wachgelegen hatte.

Sie hätte vor Freude Kopfstand machen können – darüber, dass Nadja tatsächlich Chancen für sie als Model sah und ihr helfen wollte. Natürlich würde die Sache erst in ein paar Jahren wirklich akut werden. Aber immerhin. Und dass Nadja ihr als Tante erhalten bleiben sollte, war zwischen ihr und Torsten wohl bereits eine abgemachte Sache.

„Sie ist …“ Pia war ein wenig außer Atem. So

sehr hatte sie sich beeilt um noch einigermaßen pünktlich zur Schule zu kommen. „Sie ist einfach super", japste sie. „Sie ist nett und sieht toll aus. Ein richtiges Model."

Cherry verzog die Mundwinkel. „Das sind die Freundinnen deines Onkels doch immer. Zumindest fühlen sie sich so. Und ihr Laufsteg ist dann der Büroflur."

Mascha versetzte ihr einen Hieb mit dem Ellbogen. „Hey", sagte sie. „Was ist denn schlimm daran, wenn man sich hübsch macht?"

„So meine ich es ja nicht", entgegnete Cherry. „Aber manche von Torstens Miezen ..."

„Nadja hat eine Ausbildung als Grafikdesignerin", fiel Pia ihr ins Wort. „Aber im Moment arbeitet sie eben als Model. Ist doch okay, wenn sie sogar beides drauf hat, oder?"

„Klar", antwortete Cherry. „Was ich nur sagen will: einfach bloß rumlaufen und schön sein ... mir würde das nicht reichen."

„Ich glaube, ich würde es sogar glatt mal versuchen", warf Mascha mit einem Grinsen ein. „Ich fürchte nur, dass ich niemals die Chance dazu haben werde. Und auch gar nicht scharf darauf bin. Zugegeben", fügte sie nach einem

Moment hinzu, „noch ein paar Pfund weniger würden mir vielleicht nicht schaden. Aber so dünn wie diese Hungerhaken, die immer über die Laufstege staksen, möchte ich wirklich nicht sein. Oder besser gesagt: nicht mehr." Mascha hatte einige leidvolle Erfahrung mit dem Abnehmen gemacht und sie war froh, dass diese Zeit hinter ihr lag.

Es klingelte und die Freundinnen machten sich auf den Weg ins Klassenzimmer.

In den ersten beiden Stunden stand Mathe auf dem Plan. „Hast du die Hausaufgaben?", flüsterte Pia Mascha zu, als Frau Sondermann, die Mathelehrerin, die Klasse betrat. Mascha war, was Mathe betraf, alles andere als eine Leuchte. Pia hingegen fiel dieses Fach leicht. Sie trafen sich öfter um zusammen die Matheaufgaben zu machen. Gestern allerdings hatte zumindest Pia, im Hinblick auf den Stadtbummel und Torstens Besuch, überhaupt nicht mehr an die Hausaufgaben gedacht. Nun hatte sie, nach der halb schlaflosen Nacht, heute Morgen auch schnell das noch erledigen müssen.

Mit einem schiefen Grinsen zog Mascha ihr Matheheft aus der Tasche. „Ich kann wenigstens sagen, ich habe es versucht“, antwortete sie.

„Pia“, sagte Frau Sondermann in diesem Augenblick. „Wärst du wohl so nett, uns die erste Aufgabe mal an der Tafel vorzurechnen?“

Nicht nur Pia war klar, dass die Frage, ob sie so nett sei oder nicht, in Wahrheit gar keine Frage war. Frau Sondermann hatte eine ziemlich unerbittliche Art. Dabei war sie aber stets die Freundlichkeit selbst. „Eine Magnolie aus Stahl“, hatte Pias Vater sie mal nach einer Sprechstunde genannt. In dieser Sprechstunde hatte er über seine Tochter allerdings nur Gutes zu hören bekommen. Frau Sondermann hatte sogar von einer „besonderen Begabung für mathematische Zusammenhänge“ gesprochen. Was im Klartext so viel hieß wie: Pia soll später Mathematik studieren. Punktum.

Pia ging an die Tafel. Sie nahm die Kreide und schrieb die Ausgangsgleichung an das obere Ende der dunkelgrünen Fläche. Und ab dann flog ihre Hand nur noch so von links nach rechts und wieder zurück und schrieb in rasender Geschwindigkeit Zahlen. Mascha stockte geradezu der Atem.

Augenblicke später war Pia fertig.

„Danke, Pia“, sagte Frau Sondermann zufrieden. „Das ist komplett richtig. Vielleicht kannst du uns deinen Rechenweg jetzt noch ein wenig erläutern. Es haben ja vielleicht nicht alle dieselben Ergebnisse ...“

In diesem Moment klopfte es an die Tür. Die Köpfe der Klasse drehten sich nach rechts. Dem Geräusch entgegen.

„Herein“, sagte Frau Sondermann.

Der Direktor betrat die Klasse. Neben ihm ging ein Mädchen. „Bitte entschuldigen Sie die Störung, Frau Sondermann“, begann er. „Ich bringe euch eine neue Mitschülerin“, wandte er sich dann an die Klasse. „Theresa Meißenberg. Sie hat ein Jahr mit ihrer Familie in New York gelebt und wird ab heute auf unsere Schule gehen.“

Bei den Worten „New York“ flogen die Augen von Cherry und Mascha zu Pia. „New York“ war für Pia zu einem absoluten Reizwort geworden. Was verständlich war. Mit dem Abschluss des letzten Schuljahres war Timo, der zwei Stufen über ihnen gewesen war, mit seiner Familie nach Amerika gegangen. Nach New York, wo sein Vater einen neuen Job angenommen hatte. Kein ganz ungewöhnliches Schicksal, aber für

Timo und Pia war es doch hart – nachdem sich das ganze Frühjahr über zwischen ihnen etwas angebahnt hatte.

Pia schien wirklich zusammengezuckt zu sein. Allerdings hatte Cherry den Eindruck, dass dies schon der Fall gewesen war, bevor der Direktor New York überhaupt erwähnt hatte.

Was Pia in Wirklichkeit wie ein Blitz durchzuckt hatte, war etwas ganz anderes. Im ersten Moment, als die neue Mitschülerin hinter dem Direktor die Klasse betrat, hatte Pia sie für Nadja gehalten. Was machte ihre neue Tante in ihrer Schule? Erst auf den zweiten Blick merkte Pia, dass es sich nicht um Nadja handelte, sondern um ein Mädchen in ihrem Alter. Das aber ohne Schwierigkeiten als Nadjas jüngere Schwester durchgegangen wäre. Wobei Nadja keine Geschwister hatte – so viel hatte Pia am gestrigen Abend erfahren.

Genau wie Nadja hatte Theresa – so hieß die Neue – blondes, knapp schulterlanges Haar. Sie war groß und schlank und hatte das, was die Jungen aus der Klasse eine „Traumfigur“ nannten. Vielleicht nicht gerade die Maße 90 – 60 – 90, aber zumindest einen hübschen Busen und einen wohlgerundeten Po, an dem allerdings kein Gramm Fett zu hängen schien.

Sie war geschminkt. Vielleicht ein bisschen zu sehr, für einen normalen Schultag, fand Pia. Aber auch ihr war es schon passiert, dass sie aus lauter Bedacht, innerhalb eines neuen Kreises von fremden Leuten hübsch auszusehen, übertrieben hatte.

Ihrer Kleidung war anzusehen, dass sie Geld gekostet hatte – und zwar nicht wenig. Dabei wirkte Theresa lässig und unaufgeregt. Sie strahlte die Selbstsicherheit eines Menschen aus, der weiß, dass er schön ist, und dazu ein wohlgefülltes Bankkonto im Rücken hat …

„Tja, Theresa", sagte Frau Sondermann und riss damit Pia aus ihren Betrachtungen. „So wie ich die Sache sehe, ist im Moment nur noch ein Platz ganz hinten in der Klasse frei. Macht es dir etwas aus, dort zu sitzen? Allein?"

Theresa zuckte die Achseln. „Kein Problem." Und während sie sich an Pia vorbei und zwischen den Tischen hindurch ihren Weg nach hinten bahnte, wehte Pia derselbe leichte und kaum wahrnehmbare Parfümhauch um die Nase, den sie auch bei Nadja gerochen hatte.

Es erwies sich wieder einmal als günstig, dass sich Cherry, Pia und Mascha auch zu Beginn dieses neuen Schuljahres Plätze in der Reihe vor der Seitentafel gesichert hatten. Auf diese Weise konnten sie zu dritt nebeneinander sitzen und hatten zusätzlich einen guten Überblick über das Klassenzimmer – nach vorn genauso wie nach hinten. Und auf die gegenüberliegende Seite vor den Fenstern sowieso.

Gerade für den Blick in den hinteren Teil des Raumes war Pia jetzt besonders dankbar. Sie hatte Theresa gut im Blickfeld.

Was genau sie an der Neuen faszinierte, hätte sie gar nicht sagen können. Übrigens fand sie, dass sie Nadja von Moment zu Moment weniger ähnlich sah. Vom reinen Aussehen her zumindest. Was sie Torstens Freundin auf den ersten Blick so ähnlich gemacht hatte, war wohl vor allem ihre Ausstrahlung. Theresa zog Blicke auf sich. Nicht nur die von Pia oder einigen Jungen, sondern auch von den anderen Mädchen aus der Klasse.

Theresa schien das kaum zur Kenntnis zu nehmen. Sie hatte ihre handschuhdünne Lederjacke neben sich auf das Pult gelegt, auf den freien

Platz, genauso wie ihre edel abgeschabte Ledertasche, in der sie ihre Schulsachen transportierte, und kramte von Zeit zu Zeit darin herum.

Pia fand, dass es an diesem Morgen besonders lang dauerte, bis der Gong zur ersten großen Pause ertönte. Aber dann war es endlich soweit.

Cherry holte sich eine Cola am Schulkiosk, den die grantige Hausmeisterin führte, während Mascha und Pia schon mal auf den Schulhof gingen. Zu der kleinen Mauer, die ein armseliges Beet einfasste, in dem vor langer Zeit einmal Blumen geblüht haben mussten. Diese kleine Mauer war der Lieblingsplatz der drei Freundinnen. Von hier aus sah man über den ganzen Schulhof.

„Und? Wie findest du die Neue?", fragte Mascha. Sie knabberte an einem mit Gurkenscheiben belegten Vollkornbrot.

„Sie sieht super aus", antwortete Pia, ohne lange zu überlegen. „Und sonst – keine Ahnung", setzte sie hinterher, als sie merkte, dass ihre Antwort ein bisschen zu sehr wie aus der Pistole geschossen kam.

„Du hast Recht", sagte Mascha. „Es ist sicher zu früh, um etwas über sie zu sagen. Eigentlich kennen wir sie ja noch gar nicht. Nur ihr Aussehen."

Jetzt kam Cherry hinzu. Sie setzte sich zu ihren Freundinnen auf die Mauer. „Wisst ihr was?", fragte sie. „Theresa war gerade am Kiosk und hat sich einen Schokoriegel gekauft." Sie grinste.

„Aha", machte Mascha. „Und?"

„Sie wollte ihn mit einem 50-Euro-Schein bezahlen", fuhr Cherry fort und ihr Grinsen wurde immer breiter. „Morgens um halb zehn. Wo die Hausmeisterin noch kein Wechselgeld hat. Das hättet ihr mal erleben müssen. Der alte Drachen hat sie vielleicht zusammengeputzt ..."

Auch Pia musste grinsen. „Das sind natürlich Geheimnisse einer Schule, in die man erst eingeweiht werden muss. Der Kampf mit dem Drachen, oder die Mädchen-Klotüren, die nicht schließen ..."

„Ist bestimmt gar nicht so einfach", meinte Mascha und schluckte das letzte Stück ihres Gurken-Sandwiches hinunter. „Neu zu sein und niemand zu kennen."

Dieses Problem hatten Pia, Mascha und Cherry natürlich nie gehabt. Sie gingen seit dem ersten Schuljahr zusammen in eine Klasse und waren seit dieser Zeit auch befreundet.

In diesem Moment trat Theresa aus dem Schulgebäude heraus auf den Schulhof. Sie sah sich um, als suchte sie jemand. Dann machte sie ein paar unschlüssige Schritte und blieb wieder stehen.

„Vielleicht sollten wir mal zu ihr gehen“, schlug Mascha vor.

„Weiß nicht“, antwortete Cherry. „Ich glaub, die ist so ein richtiges Modepüppchen.“

„Hey“, sagte Mascha. „Schon mal was davon gehört, dass man Leute nicht nach dem Aussehen beurteilen soll?“

„So meine ich es ja nicht“, versuchte Cherry sich zu verteidigen. „Aber ...“

„Es kann nicht jeder ein Spitzensportler sein. Oder eine Spitzensportlerin“, sagte Pia bewusst zurückhaltend. Ihre Freundinnen mussten ja nicht gleich merken, dass sie sogar ziemlich daran interessiert war, mit Theresa ins Gespräch zu kommen. Die Neue hatte etwas an sich, das sie neugierig machte. Ihre Art sich zu kleiden, sich zu bewegen ... Fast wie ein Star. Oder zumindest wie jemand, der sich nicht nur in einer

Kleinstadt zu Hause fühlte, wie die, in der Pia und ihre Freundinnen lebten, sondern in der großen, weiten Welt. Der Welt der Reichen und Schönen, wie ihr Vater immer etwas spöttisch sagte …

Pia stand auf. „Kommt, wir gehen mal zu ihr“, sagte sie. Und Cherry und Mascha folgten ihr.

Theresa sah die drei Mädchen auf sich zukommen. Mit einer kaum wahrnehmbaren Bewegung ihres Kopfes warf sie ihr Haar zurück. „Hi“, sagte sie, bevor Pia, Mascha und Cherry etwas sagen konnten.

„Äh, hallo“, übernahm Pia die Begrüßung. „Hallo, Theresa.“

Theresa warf wieder mit dieser kaum wahrnehmbaren Bewegung ihre Haare zurück. Obwohl Pia nicht den Eindruck hatte, dass sie ihr störend in die Stirn gefallen waren. Es wirkte etwas affektiert.

„Sagt lieber Tessa zu mir“, antwortete Theresa. „Ich mag meinen Namen nicht besonders.“

„Okay, Tessa“, warf Mascha ein.

Cherry biss sich auf die Lippen. Was sicher besser war, als zu sagen, dass der Dackel ihrer Oma auch Tessa hieß.

„Bist du ganz neu hier?“, fuhr Pia fort. „Ich meine, nicht nur auf der Schule, sondern auch in der Stadt?“

„Ja“, sagte Tessa. „Leider. So richtig das Leben tobt hier ja nicht.“

Pia, Mascha und Cherry sahen sich einen Moment an. Bisher waren sie mit ihrem Wohnort eigentlich ganz zufrieden gewesen.

„Wie meinst du das?“, fragte Cherry.

„Na ja“, antwortete Tessa. Es klang, als versuche sie etwas, das sie lieber hart ausgedrückt hätte, ein wenig abzumildern. „Ich meine abends. Wo geht man denn hier hin?“

Pia, Cherry und Mascha sahen sich an. Bisher war noch keine von ihnen einmal richtig abends ausgegangen.

„Also, es gibt Kino, Theater, Restaurants“, versuchte Pia die Aktivitäten ihrer Eltern aufzuzählen. „Eigentlich alles.“

„In New York gab es jede Menge Bars und Clubs“, sagte Tessa. „Zum Teil auch mit Live-Musik.“

Cherry zog eine Augenbraue hoch. „Soll das heißen, dass du in New York abends durch die Gegend gezogen bist? Ich denke, die haben ein viel strengeres Jugendschutzgesetz als wir hier."

„Ich war ja nicht allein unterwegs", antwortete Tessa und der Hauch einer Röte flog über ihr Gesicht. „Sondern mit meinen Eltern. Und mit deren Freunden." Mit einem Mal war ihr Gesicht wie verwandelt. Sie lächelte. Freundlich und gewinnend. „Aber es ist ja egal. Jetzt bin ich hier", sagte sie. „Und schön kann es überall sein. Man muss es sich nur schön machen."

„Das stimmt. Das sagt meine Mutter auch immer", sagte Mascha. „Nur dass ich unter ‚schön' meistens etwas anderes verstehe als sie." Sie lachte.

Auch Tessa lachte jetzt. Dabei zeigte sie eine makellose Zahnreihe. „Mütter sind natürlich immer ein ganz besonderes Problem. Und das hat man überall. In New York genauso wie hier", stimmte sie zu.

„Nervt deine Mutter auch?", fragte Pia grinsend.

Tessa grinste zurück. „Welche Mutter nervt denn nicht?"

„Die von Cherry vielleicht", schlug Pia vor. „Oder, Cherry?"

Cherry schien völlig in Gedanken zu sein. „Wie? Was?“, fragte sie verstört.

Pia sah sich um. „Sind vielleicht die Jungs aus der Zehn in der Nähe?“

„Quatsch!“, machte Cherry nur.

In diesem Moment klingelte es. Die Mädchen gingen zurück in ihre Klasse. Und während Cherry, Pia und Mascha sich an der Seitentafel vorbei zu ihren Plätzen drückten, lächelte Tessa ihnen noch einmal zu und legte dabei ein wenig den Kopf in den Nacken.

Eine Chance?

„Wie bitte? Du willst sie einladen?“

Wenn Pia nicht gewusst hätte, dass sie selbst den Namen „Tessa“ ausgesprochen hatte, hätte man denken können, es hätte sich um eine Art weiblichen Godzilla gehandelt. Oder um etwas ähnlich Furcht- und Abscheuerregendes. Ihr war völlig unklar, warum Cherry so ausrastete.

„Klar, wieso denn nicht?“, antwortete Pia. Sie hatte eigentlich gedacht, dass das Thema auf dem kurzen Stück des gemeinsamen Heimwegs nach der Schule schnell abzuhandeln gewesen wäre. Aber offenbar hatte sie sich getäuscht.

„Warum?“, wiederholte Cherry. „Weil sie eine Zicke ist. Arrogant und hochnäsig.“

„Stimmt. Ein bisschen distanziert wirkt sie schon“, stimmte Mascha zu. „Aber ich glaube, das ist so gut wie normal, wenn man irgendwo neu hinkommt und niemand kennt. Eine Art Schutzschild. Wie mein Fett früher“, überlegte sie laut vor sich hin.

„Du hast es doch vorhin in der Pause gemerkt“, bemühte auch Pia sich, das Verhalten der Neuen zu erklären. „Wenn man ein bisschen näher an sie herankommt, ist sie richtig nett.“

„Nett?“, wiederholte Cherry spöttisch. „Das nennst du nett? Ihr Lachen ist doch so unecht wie in der Fernsehwerbung!“

Pia biss sich auf die Lippen. Sie hatte nicht gedacht, dass Mascha oder Cherry ernsthaft etwas dagegen haben könnten, wenn sie ihnen unterbreitete, dass sie Tessa gern mal einladen würde. Dass die beiden ihre besten Freundinnen waren und es immer bleiben würden, war doch klar.

„Außerdem habe ich gedacht, es tut uns mal ganz gut, wenn jemand Neues hinzukommt“, fuhr sie fort. „Wir schmoren ja in unserem eigenen Saft.“

„Ich habe mich bis jetzt nicht mit euch gelangweilt“, sagte Cherry, und Pia hätte sich gewünscht, dass sie gehört hätte, wie zickig *sie* jetzt klang – und nicht Tessa.

„Wo ist dein Problem?“, schaltete Mascha sich wieder ein. „Was hast du dagegen, wenn mal jemand dazukommt?“

„Ich habe ja nicht direkt etwas dagegen, wenn jemand dazukommt“, versuchte Cherry abzuwiegeln. „Es ist nur ... ach, ich weiß auch nicht. Ich finde, Tessa ist irgendwie so anders als wir.“

„Na und?“, entgegnete Mascha. „Das ist doch vielleicht mal ganz interessant. Oder?“

Cherry zuckte die Schultern. „Ich habe den Eindruck, dass wir uns zu viert nicht so gut miteinander verstehen werden wie im Moment zu dritt. Wenn man zu viert ist, entstehen so schnell zwei Parteien und dann gibt es Streit. Wenn man nur zu dritt ist, ergibt sich das Problem gar nicht erst so. Denn auch wenn man mal unterschiedlicher Meinung ist – zwei gegen einen ist immer unfair. Und darum gibt man sich von vornherein Mühe, dass es erst gar nicht so weit kommt.“

Cherrys These war nicht völlig von der Hand zu weisen. Tatsächlich hatte es in den acht Jahren, seitdem sich Pia, Cherry und Mascha kannten, noch keinen ernstzunehmenden Streit gegeben.

„Mag ja sein, dass es bei uns so ist“, gab Mascha dennoch zu bedenken. „Aber die Regel muss das auch nicht unbedingt sein.“

„Außerdem“, sagte jetzt auch Pia wieder. „Es

ist doch gar nicht gesagt, dass Tessa jetzt von vornherein zu uns gehört. Wir treffen uns einfach mal mit ihr, und dann sehen wir, wie es weitergeht. Vielleicht findet sie uns ja ganz blöd." Was sie natürlich nicht ernsthaft annahm und noch viel weniger hoffte.

Cherry aber gingen nun offenbar die Argumente aus. Sie kniff nur störrisch die Lippen zusammen.

„Versuch dich doch mal in sie hineinzuversetzen", machte Mascha noch einen weiteren Vermittlungsversuch. „Tessa ist ganz neu in der Stadt. Meinst du nicht, dass sie froh ist, wenn sie ein bisschen Kontakt findet?"

Cherry kräuselte die Stirn. Man sah ihr an, wie es dahinter in ihrem Hirn arbeitete. Aber anstatt etwas zu sagen, zuckte sie nur die Schultern. „Wenn ihr meint", seufzte sie resigniert.

Es dauerte noch einige Tage, bis Pia einen Termin an einem Nachmittag ausgemacht hatte, an dem alle konnten.

Wie soll das eigentlich erst werden, wenn wir später erwachsen sind, arbeiten und möglicherweise auch noch Familie haben? Ob wir dann überhaupt noch Zeit füreinander finden?, überlegte sie.

Heute aber war es erst einmal so weit.

Pia stand vor dem Spiegel und probierte eine neue Frisur aus. Eine Art Turmfrisur, wie Audrey Hepburn in „Frühstück bei Tiffany“. Pia hatte ebenso dunkles, glänzendes Haar, und die richtige Länge hatte es auch.

Die Frisur stand Pia sehr gut. So lange jedenfalls, wie sie sie mit den Händen stützte. Sobald Pia die Arme sinken ließ und den Kopf drehte, fiel alles in sich zusammen. Pia seufzte. Sie würde es nachher noch mal versuchen. Zusammen mit ihren Freundinnen und mit – Tessa.

Irgendwie hatte Cherry ja Recht. Die Vorstellung, dass zu ihrem eingeschworenen Kreis eine Neue hinzukam – eine, die nicht von vornherein alle Geheimnisse kannte, die nicht wusste, was die anderen dachten, ohne dass man sich ausdrücklich darüber unterhalten musste – war schon irgendwie merkwürdig. Aber dass Cherry sich so gesträubt hatte?

Eigentlich hatte man von ihr bisher nicht sagen können, dass sie kontaktscheu sei, überlegte Pia. Warum sie jetzt nur so komisch war?

In diesem Moment klingelte es. Bestimmt waren das Cherry und Mascha. So lässig wie Pia Tessa einschätzte, würde sie sicher nicht überpünktlich erscheinen.

Pia ging zur Sprechanlage. „Ja, bitte?“, fragte sie.

„Pia?“, fragte eine Stimme zurück. Sie klang unsicher.

Tessa! Als Erste! Einen Augenblick lang war Pia echt überrascht. Dann drückte sie auf.

Als Tessa aus dem Aufzug trat, hatte sie all ihre Sicherheit zurückgewonnen. Im ersten Moment sah sie zur gegenüberliegenden Seite des Treppenhauses, auf die Tür von Pias Nachbarn. Und dann in die richtige Richtung.

„Ah, hallo“, sagte sie und kam im Schlenderschritt näher. Sie war längst nicht mehr so stark geschminkt wie am ersten Tag in der Schule. Ganz ohne Make-up schien sie allerdings nie aus dem Haus zu gehen.

„Du bist die Erste“, sagte Pia, während sie die Tür hinter Tessa schloss. „Mascha und Cherry sind noch nicht hier.“

„Ach ja?“ So wie Tessa klang, hätte man denken können, dass sie diesen Umstand fast er-

„Ja“, antwortete Cherry trocken.

„Schon lange?“, forschte Tessa weiter.

„Seit ein paar Jahren.“

„Ich habe früher auch Tennis gespielt“, bemühte sich Tessa fortzufahren. „Sogar regelmäßig, bis wir nach Amerika gegangen sind. Seitdem habe ich aber pausiert. Und jetzt suche ich dringend jemand, der mich ein bisschen trainiert. Bis ich wieder in Form bin.“

„Da müsstest du bei Cherry genau an der richtigen Adresse sein“, meinte Mascha. „Man kann Cherry keinen größeren Gefallen tun, als mit ihr auf den Tennisplatz zu gehen und …“

„Achtung!“, rief Pia in diesem Moment aus dem Flur. Sie betrat mit einem Tablett in der Hand das Zimmer. Auf dem Tablett befanden sich vier Longdrink-Gläser mit Strohhalmen und Obststückchen auf dem Rand.

„Was ist das denn?“, fragte Cherry entsetzt. „Alkohol?“

„Nein“, sagte Pia. „Beruhig dich. Reiner Fruchtsaft-Mix. Trotzdem“, fuhr sie fort, während sie die Gläser austeilte. „Ich habe gedacht, ich mach mal ein bisschen Clubatmosphäre. Wie abends in New York.“

Tessa lächelte. Sie wurde sogar ein wenig rot. „Oh“, sagte sie. „Extra für mich? Das ist aber nett. Danke.“

„Du bist in New York doch öfter mit deinen Eltern in Clubs gegangen“, sagte Pia jetzt. „Erzähl doch mal ein bisschen. Wie war es da? Ich stelle mir das unheimlich spannend vor.“

„Ich mir auch“, bekräftigte Mascha. „Wenn meine Mutter mich zum Kegeln mit ihren Kegelschwestern mitnimmt – das ist schon das Höchste der Gefühle.“

Tessa lächelte sie an. „Also, um ehrlich zu sein“, begann sie. „So oft bin ich auch wieder nicht mit meinen Eltern ausgegangen. Meine Mutter hat eine Künstleragentur, und sie hat mich ein paar Mal zu Auftritten ihrer Musiker mitgenommen.“

„Ah, Musik!“, rief Pia jetzt aus. „Das ist ein gutes Stichwort.“ Sie ging zum CD-Player und stellte ihn an.

Ob es an der Musik lag oder an der Erkenntnis, die sich nach und nach einstellte, dass Tessa vielleicht doch nicht ganz so anders zu leben schien als Pia, Cherry und Mascha – die Stimmung lockerte sich jetzt jedenfalls von Augenblick zu Augenblick. Sogar Cherry entspannte sich. Sie lehnte sich in ihrem Sessel zurück, schlüpfte aus den Schuhen und zog die Füße auf das Polster. Erst als Tessa erzählte, dass sie ihren Vater schon auf ein paar Geschäftsreisen begleitet hatte und auf diese Weise schon einmal Gelegenheit hatte, beim Tennismatch der Australian Open ein Spiel zu sehen, rutschte sie wieder nach vorn auf die Kante.

„Du warst bei den Australian Open?“, sagte Cherry atemlos. „Wow! Da mal zusehen zu können – das wäre mein absoluter Traum.“

„Es war nicht schlecht“, sagte Tessa mit einem Tonfall, als spräche sie von etwas völlig Unspektakulärem. Von einem Spaziergang im Park oder so.

„Was hast du denn eigentlich für Hobbys, Tessa?“, schaltete sich Mascha jetzt wieder in das Gespräch ein.

„Ach“, machte Tessa und rührte nachdenklich mit ihrem Strohhalm im Glas. „So richtige Hobbys … richtige Hobbys“, wiederholte sie. „Eigentlich keine“, stellte sie dann fest.

„Aber für irgendwas musst du dich doch interessieren“, meinte Mascha. „Irgendetwas, außerhalb der Schule. Cherry zum Beispiel macht viel Sport, ich interessiere mich immer mehr für gutes Kochen, nicht nur für's Essen, wie früher!", warf sie mit leicht erhobener und dennoch belustigter Stimme ein, als fürchtete sie, dass gleich eine ihrer Freundinnen eine entsprechende Bemerkung machen würde. „Und Pia", fuhr sie fort. „Pia interessiert sich dafür, eine schöne Frau zu sein und später mal reich zu heiraten."

Das brachte ihr ein Sofakissen am Kopf ein.

„Mascha übertreibt", sagte Pia. Sie versuchte cool zu bleiben, aber eine leichte Röte stieg ihr doch ins Gesicht. „Okay, ich gebe ja zu, ich habe eine Schwäche für Klamotten und Outfits. Aber dass ich mich nur darum kümmern würde ..."

„Für Klamotten und Outfits interessiere ich mich auch", sagte Tessa. „Und warum auch nicht? Mode ist etwas ungeheuer Spannendes. Es ist ein uraltes Bedürfnis der Menschen, gut auszusehen. Und Tiere kümmern sich ja auch um ihr Äußeres. Meine Katze zum Beispiel ..."

„Du hast eine Katze?", warf Cherry ein. „Ich liebe Katzen. Ich könnte sie stundenlang kraulen."

„Dann sollte ich euch mal miteinander bekannt machen“, antwortete Tessa lächelnd. „Minka liebt Leute, die nur deswegen zu uns kommen, um sie zu streicheln. Nein, wirklich“, kam sie dann auf das Thema zurück. „Natürlich pflegen Tiere ihr Äußeres nicht aus Eitelkeit, sondern um gesund zu bleiben. Und wer gesund ist und deswegen attraktiv wirkt, hat eben die besten Chancen, einen Partner zu finden und sich fortzupflanzen.“

„Womit wir also doch wieder beim Reich-Heiraten wären“, meinte Mascha und grinste schalkhaft.

„Okay“, sagte Tessa und lächelte Mascha ebenso belustigt an. „Wenn du so willst – dann kann man es natürlich auf diesen Nenner bringen.“

Pia hatte schon eine ganze Weile nichts mehr gesagt. Ihr war schon lange genug klar, dass weder Cherry noch Mascha ihr Lieblingsthema ernst nahmen. Andererseits sah es ganz so aus, als hätte sie in Tessa nun eine Verbündete. Die sich auch für Mode interessierte und offenbar nicht nur Marken und Trends kannte, sondern auch ein paar Hintergründe.

„Ich finde Mode und Styling auch interessant", sagte sie. „Ich finde es einfach toll, wie unterschiedlich ein und derselbe Mensch wirken kann, wenn man die Frisur verändert oder ihn in andere Klamotten steckt. Und klar", sie strich sich ihre langen dunklen Haare nach hinten, „ich gefalle mir einfach, wenn ich schöne Sachen anhabe und überhaupt einfach gut aussehe. Ich finde, das hebt das Selbstbewusstsein."

„Das kann ich sogar ein Stück weit verstehen", gab Cherry zu. „Ich fühle mich auch gut, wenn ich ein Spiel gewonnen habe oder gut getanzt habe."

Pia druckste ein wenig herum. Sie zögerte noch einen Augenblick. Dann sagte sie, vor allem an Tessa gewandt: „Ich hab schon mal Fotos von mir machen lassen. In unterschiedlichen Stylings und in verschiedenen Klamotten. Bei einem richtigen Mode-Fotografen."

„Ehrlich?" Tessa riss die Augen auf. „Das ist ja toll! Zeig doch mal!"

Natürlich tat Pia nichts lieber als das. Sie holte ihre Fotomappe und legte sie Tessa auf den Schoß. Mascha und Cherry mussten sich um sie herum gruppieren.

„Möchtest du später so etwas mal beruflich machen?“, fragte Tessa, während sie die Mappe langsam und sorgfältig durchblätterte.

„Ja“, sagte Pia. „Ich würde gern Model werden. Wobei man eine andere Berufsausbildung natürlich auch noch haben sollte“, fügte sie schnell hinzu. „Das sagt meine Tante jedenfalls. Die selbst auch Model ist. Sonst wird es später mal schwierig.“

„Solange du zur Schule gehst, erlauben dir deine Eltern aber ja ohnehin nicht, damit anzufangen“, meinte Cherry. Sie ging zurück zu ihrem Sessel, setzte sich und zog wieder die Füße hinauf.

„Wie oft in der Woche gehst du eigentlich zum Sport?“, wollte Tessa von ihr wissen. Sie betrachtete noch die letzten Bilder der Mappe.

„Drei Mal“, antwortete Cherry. „Zweimal zum Tennis und einmal zum Jazz-Tanz. Und am Wochenende bin ich auch meistens unterwegs.“

„Und deine Eltern haben nichts dagegen?“, hakte Tessa nach.

„Nein, sie sind einverstanden. Solange die Schule nicht darunter leidet, versteht sich“, antwortete Cherry.

„Das müsste sie ja bei dir auch nicht“, wandte Tessa sich jetzt wieder an Pia.

„Wie ... wie meinst du das?“, fragte Pia. „Wobei?“

„Ich meine, wenn du jetzt schon ein bisschen modeln würdest“, sagte Tessa. „Nicht viel. Ein-, zweimal pro Woche. Wie Leute, die Sport machen. Und ab und zu an den Wochenenden.“

Pias Augen wurden groß. Auch Cherry und Mascha sahen zu Tessa.

„Du könntest doch ein Abkommen mit deinen Eltern schließen“, fuhr Tessa fort. „Du fängst einfach mal an. Und wenn es Probleme in der Schule gibt, hörst du eben wieder auf. Was schade wäre“, fügte sie mit einem bedauernden Tonfall hinzu. „Deine Fotos sind echt super. Und draußen ist man schneller, als man reinkommt.“

Pia hatte plötzlich einen ganz trockenen Mund. „Wie ... was meinst du eigentlich genau?“, fragte sie.

„Ich meine“, begann Tessa, „dass ich dich mal mitnehmen könnte. Mitsamt deiner Mappe. Zu meiner Agentur. Ich bin Jugendmodel.“

Pia hatte das Gefühl, dass ihr Hören und Sehen verging. „Du modelst?“, fragte sie nach.

Tessa nickte. „Ja. So wie andere zum Sporttraining gehen, mache ich Fotos. Nichts Großartiges“, wiegelte sie ab. Allerdings klang es auch nicht so, als wäre sie überhaupt nicht stolz darauf. „Meine Mutter hat mir diesen Job vermittelt. Ich bin bei einem Fotografen, der Kaufhauskataloge und solche Sachen macht. Aber immerhin. Man verdient gutes Geld dabei.“

„Und irgendwann sieht dich mal jemand, der dir ein besseres Angebot machen kann“, warf Mascha ein.

„Eben“, sagte Tessa und nickte. „Also, was ist? Soll ich den Kontakt für dich herstellen?“ Sie sah Pia erwartungsvoll an.

Pia hatte das Gefühl, in einen Traum geraten zu sein. Konnte es denn sein, dass das, was möglicherweise die ganz große Chance für ihre Zukunft war, so einfach zu greifen war? Dass sie gar nicht weiter groß mit ihren Eltern oder auch mit Nadja herumargumentieren musste? Dass ihr einfach ihre neue Freundin – denn als solche konnte man Tessa doch bezeichnen – so die Wege ebnen konnte?

Pia musste noch einmal heftig schlucken.

„Ja. Bitte“, sagte sie dann.

Einkaufsbummel

An einem der folgenden Nachmittage hielt Pia neue Abzüge ihrer Fotos in den Händen. Wie Tessa ihr empfohlen hatte, beschriftete sie sie auf der Rückseite mit ihrer Adresse.

Eigentlich fand Pia, dass die Fotos in einer Mappe besser aussahen, und Tessa hatte ja auch gesagt, dass sie die Mappe zu ihrer Agentur mitnehmen wollte. Aber nun war es wohl doch anders. Pia dachte nicht lang über das Warum und Wieso nach. Sie verließ sich einfach auf das, was Tessa sagte, und packte die Fotos in ihre Tasche, um sie Tessa zu geben.

Sie waren in der Stadt verabredet. Sie – das waren Pia und Tessa und Mascha und Cherry. Zuerst im Eiscafé und anschließend wollten sie bummeln gehen.

Als Pia kam, saßen Cherry und Mascha bereits an einem der kleinen Tische. Kein Wunder. Pia war etwas spät aufgebrochen. Das Abholen und Beschriften der Fotos hatte mehr Zeit in Anspruch genommen, als sie geglaubt hatte. Schließlich sollte vor allem die Beschriftung so professionell und erwachsen wie möglich aussehen.

Cherry trank wie üblich Apfelsaftschorle und Mascha gönnte sich ein kleines Eis.

„Ist Tessa noch nicht da?", fragte Pia und sah sich suchend um. Auf den ersten Blick schien das kleine Café brechend voll zu sein. Bei genauerem Hinsehen merkte man aber, dass die Masse von Leuten vor allem durch die komplett verspiegelten Wände hervorgerufen wurde. Wer sein eigenes Spiegelbild nicht aushielt, war hier am falschen Platz.

„Siehst du sie etwa?", entgegnete Cherry.

In diesem Moment betrat Tessa das Eiscafé. Sie blieb einen Moment stehen, als müsste sie ihre Freundinnen erst suchen. Es konnte allerdings auch sein, dass sie es einfach genoss, eine vielfach reflektierte Tessa an den Wänden um sich herum zu sehen. Dann kam sie auf den kleinen Tisch zu.

„Hallo", sagte sie und setzte sich zu den drei Freundinnen. „Da bin ich. Ein bisschen zu spät. Tut mir Leid." Sie lächelte.

„Kein Problem“, sagte Pia, bevor Cherry oder Mascha antworten konnten. Obwohl sie ja gar nicht diejenige war, die am längsten gewartet hatte. Entsprechend verwundert sahen sich Mascha und Cherry an.

Pia bemerkte es nicht. Sie hatte im Moment nur eins im Sinn: Tessa die Fotos zu geben.

„Hier“, sagte sie und zog den Umschlag mit den Bildern aus ihrer Tasche. „Gibst du sie deiner Agentur?“

„Was?“, fragte Tessa erst einmal. Und dann: „Ach so. Die Fotos. Die hatte ich schon ganz vergessen. Ja klar. Ich werde sie Frank geben.“ Damit packte sie den Umschlag in ihre Tasche.

„Das ist gut, dass wir gleich bummeln gehen“, fuhr sie fort, nachdem ihre Cola da war. „Ich brauche dringend etwas Neues zum Anziehen.“

„Wer braucht das nicht?“, seufzte Mascha. „Das Problem ist nur immer das Geld.“

„Ach“, meinte Tessa. „Geld ist doch zum Ausgeben da. Und man muss sich doch auch etwas wert sein.“

„Klar“, antwortete Cherry. „Aber irgendwann ist man eben pleite und dann …“

„Dann kommt halt wieder das nächste Geld“,

beendete Tessa den Satz beinahe ungeduldig und winkte dem Kellner hinter dem Tresen, dass sie gleich zahlen wollten.

„Sofern man einen Job hat", warf Mascha nachdenklich ein.

In der Stadt war es brechend voll. Wer sein Geld noch nicht im Urlaub ausgegeben hatte, versuchte jetzt noch ein paar Schnäppchen bei der reduzierten Sommerkleidung zu machen.

Wie immer strebten Mascha, Pia und Cherry auf den großen Klamottenladen zu, in dem sie fast alle ihre Klamotten kauften.

„Ich darf gar nicht daran denken, wie viel die durch mich schon verdient haben ...", stieß Pia wie ein letztes Stoßgebet aus. Ihr war durchaus klar, dass sie auch heute wieder einige Euros hier lassen würde. Obwohl es noch nicht so lange her war, seitdem sie sich mit Torstens Geld neu eingekleidet hatte. Aber wer konnte schon widerstehen, bei den vielen verlockenden Angeboten?

„Moment mal." Tessa blieb abrupt stehen. „Das ist jetzt doch nicht euer Ernst, oder?"

Cherry, Pia und Mascha sahen sie entgeistert an. „Wieso? Was meinst du?", fragte Pia.

Tessa deutete auf den Laden, in den die Menschenmengen hinein- und wieder hinausströmten. „Wollt ihr da wirklich reingehen?"

„Klar. Warum nicht?", sagte Cherry.

„Ist es dir zu voll?", fragte Mascha.

Tessa schüttelte den Kopf. „Das meine ich nicht. Aber die Klamotten da ... Das ist doch alles nur Ramsch."

Pia, Cherry und Mascha sahen sich an. Natürlich war es einer der billigsten Läden der Stadt. Aber für sie war es einfach *der* Laden schlechthin. Und Läden wie in New York – die fand man hier beim besten Willen nicht ...

„Also", fuhr Tessa fort, bevor die anderen etwas sagen konnten. Sie verschränkte die Arme vor der Brust. „Ich gehe da nicht hinein."

Pia, Mascha und Cherry waren sprachlos.

„Ich meine", sagte Tessa nun weiter, und ihr Tonfall wurde etwas weniger kategorisch, „ich kann ja hier draußen auf euch warten. Ich setze mich da drüben auf die Bank und gucke ein bisschen in der Gegend herum."

Pia wusste zunächst nicht, was sie von dem Vorschlag halten sollte. „Bist du sicher?", fragte sie nach. „Ist dir das nicht zu langweilig?"

„Nein", antwortete Tessa und schüttelte den Kopf. „Kein Problem. Es ist mir lieber, als da drinnen zu sein. Also, bis später. Lasst euch ruhig Zeit." Damit schlenderte sie davon.

Cherry, Mascha und Pia sahen ihr nach.

„Das habe ich ja noch nie erlebt. Dass jemand sagt, er geht da nicht rein", sagte Cherry und deutete mit dem Kopf auf ihren Lieblingsladen.

„Mir war es aber auch schon manchmal zu voll", gab Mascha zu. „Und immer dieses Anstehen vor den Umkleidekabinen."

„Kommt", sagte Pia. „Wenn wir noch länger hier herumstehen, wird es auch nicht besser." Damit ging sie zwischen den bereits im Eingang stehenden Kleiderständern hindurch und stürzte sich in das Gewimmel im Laden.

Es dauerte fast eine ganze Stunde, bis die drei Freundinnen wieder herauskamen. Die Schlangen an den Kassen waren kilometerlang gewesen. Jetzt hatte jede von ihnen eine Tüte in der Hand, in der sich ein paar Schnäppchen und ein paar weniger günstige Stücke befanden.

„Hoffentlich ist Tessa überhaupt noch da", sagte Pia.

„Ich glaube, da kann ich dich beruhigen", antwortete Cherry. „Da drüben sitzt sie. Und sie scheint sich gut zu unterhalten."

Tatsächlich saß Tessa noch auf der Bank, die sie vorhin angesteuert hatte. Sie hatte ihre langen Beine übereinander geschlagen und stützte sich mit einem Arm seitlich auf die Rücklehne der Bank, so dass sie ihrem Gesprächspartner ins Gesicht sehen konnte. Einem jungen Mann in Anzug und Krawatte. Möglicherweise ein Angestellter der gegenüberliegenden Versicherung. Mindestens aber ein Azubi.

Als sich Pia, Cherry und Mascha dem Platz näherten, wo Tessa saß, sah sie auf. „Oh", sagte sie. „Ich werde abgeholt." Sie stand auf, bevor die drei anderen auf die Idee kommen konnten, sich zu setzen.

„Schade", sagte der junge Mann. Er erhob sich ebenfalls und griff in seine Anzugtasche. Er holte ein kleines weißes Kärtchen heraus, schrieb etwas mit einem Kuli darauf und reichte es dann Tessa. „Hier. Meine Handynummer. Würde mich freuen, wenn wir uns wiedersehen."

„Danke", sagte Tessa. „Wer weiß?" Sie lächelte und warf dabei wieder den Kopf ein wenig in den Nacken. Was bei ihrem Gegenüber ein breites Grinsen auslöste. Dann ging sie davon und die anderen folgten ihr.

„Wer war denn das?“, wollte Cherry wissen.

Tessa zuckte die Schultern. „Keine Ahnung. Ein Typ eben. Aber so etwas passiert mir öfter.“ Sie zog die Visitenkarte aus der Tasche ihrer Lederjacke, zerknüllte sie und warf sie in den nächsten Mülleimer.

Pia war sprachlos. Sie hätte es niemals zugegeben – aber insgeheim bewunderte sie Tessa. Ihr, Pia, war es jedenfalls noch nie passiert, dass sich ein erwachsener oder zumindest halbwegs erwachsener Mann so für sie interessiert hätte.

Zusammen bummelten sie durch die Fußgängerzone. Allmählich näherten sie sich einem Abschnitt, wo sich im Lauf der Zeit einige etwas teurere Läden angesiedelt hatten. Eigentlich gehörte diese Strecke nicht zu der Route, auf der sich Pia, Cherry und Mascha üblicherweise bewegten. Heute war es aber aus unerklärlichen Gründen so gekommen.

Vor einer Boutique, in der Pias Mutter von Zeit zu Zeit einkaufte, blieben sie stehen und sahen ins Schaufenster.

„Gehen wir mal rein?“, schlug Tessa vor.

„Willst du uns ruinieren?“, sagte Mascha. „Von den Klamotten kann ich nur träumen.“

Tessa lächelte. „Ich habe ja nicht gesagt, dass wir unbedingt etwas kaufen müssen. Aber nur mal gucken können wir doch ... Irgendwie ist so etwas ja doch noch ein anderer Stil.“

... als in unserem Ramschladen, ergänzte Pia in Gedanken. Trotzdem war Tessas Feststellung natürlich nicht von der Hand zu weisen. Vor allem deswegen, weil die Boutique nicht nur relativ teure Kleidung verkaufte, sondern vor allem Modelle, die durchaus extravagant zu nennen waren. Kleider also, die nicht für Teenies gemacht waren, sondern für erwachsene, gestandene Frauen. Weder sie noch Cherry oder Mascha wären jemals von allein darauf gekommen, einen solchen Laden zu betreten.

„Also gut“, sagte Mascha aber jetzt. „Gehen wir eben hinein.“ Dann folgte sie zusammen mit den anderen Tessa ins Geschäft.

Die Verkäuferin betrachtete die Mädchen ein wenig befremdet. Offenbar unterschieden sie sich von der sonst üblichen Kundschaft. Unter anderem durch ihre Plastiktüten mit dem Aufdruck des Billig-Ladens.

„Kann ich Ihnen etwas zeigen?“, wandte sie sich schließlich kühl an Tessa.

Pia wusste genau, dass sie in den Boden versunken wäre, wenn die Verkäuferin sie gefragt hätte. Auch ihr musste doch klar sein, dass Mädchen wie sie hier kaum etwas kaufen konnten.

Tessa aber blieb ganz entspannt. „Danke“, sagte sie. „Im Moment möchten wir uns nur ein bisschen umsehen.“

„Gern“, antwortete die Verkäuferin. Es klang allerdings eher eisig. Sie ging zurück an ihren Verkaufstisch, faltete einige Pullover zusammen und tat, als wenn sie allein im Laden wäre.

„Das hier ist hübsch“, rief Tessa plötzlich und angelte ein T-Shirt aus einem Korb mit reduzierten Kleidern. Es hatte nichts Besonderes. Es war dunkelviolett, hatte einen U-Boot-Ausschnitt und dreiviertellange Ärmel. Sie hielt es an sich und betrachtete sich im Spiegel. Es passte hervorragend zu ihren hellen Haaren. „Das ist ein Klassiker“, stellte sie fest. „Und es ist reduziert?“, wandte sie sich an die Verkäuferin.

Die nickte und nannte den Preis.

Für dieses Geld kaufe ich normalerweise meine Hosen, fuhr es Pia durch den Kopf.

„Das nehme ich“, sagte Tessa, ohne zu überlegen. „So etwas kann man immer brauchen.“

Während sie bezahlte, lugten aus dem Notenfach ihres Portmonees noch weitere Geldscheine hervor. Und dass das Portmonee selbst nicht irgendeins war, sondern den Verschluss einer teuren Lederwaren-Marke trug – damit hatte Pia fast schon gerechnet.

„Na, es hat sich ja doch noch gelohnt“, meinte Tessa, als sie den Laden wieder verlassen hatten. Sie schlenkerte ihre Einkaufstüte. „Und ich hatte die Hoffnung fast schon aufgegeben. Oh, Mann!“, rief sie plötzlich und sah auf ihre Armbanduhr. „Jetzt muss ich aber los. Ich habe noch einen Termin. Sorry! Bis morgen!“ Damit ging sie auf ihren langen Beinen davon.

Mascha stieß die Luft aus, als hätte sie bis jetzt den Atem angehalten. „Ich glaube nicht, dass sich meine Mutter schon mal für so viel Geld ein T-Shirt gekauft hat“, stieß sie hervor. „Und von mir selbst mal ganz zu schweigen.“

Wie üblich fuhr Pia zusammen mit Cherry im Bus nach Hause, während Mascha einen anderen Bus nehmen musste.

„Endlich können wir mal etwas Vernünftiges reden“, meinte Cherry. Und dann textete sie Pia zu, mit allen möglichen Sachen und natürlich auch mit Dingen, die ihren Sport betrafen.

Pia hörte zwar irgendwie zu, war aber dennoch nicht ganz bei der Sache. Immer wieder musste sie an den Nachmittag in der Stadt denken. Im Grunde war es ja klar, dass Tessa mehr Geld als sie und ihre Freundinnen zur Verfügung hatte. Wenn sie modelte und damit, wie sie selbst sagte, gutes Geld verdiente. Dass sie für ein relativ einfaches T-Shirt so viel Geld ausgeben konnte, ohne lang nachdenken zu müssen, imponierte Pia zwar – aber im Grunde war es nicht das, was sie an Tessa wirklich bewunderte.

Was Pia so beeindruckte, war vielmehr Tessas gesamte Art. Sie hatte etwas, durch das sie ... ja, durch das sie wesentlich älter wirkte als Pia oder Cherry oder Mascha. Viel vertrauter mit der Welt der Erwachsenen – wie sich ja auch an den Reaktionen der Umwelt zeigte. Es war undenkbar, dass sich ein Mann wie der von vorhin neben eine von ihnen gesetzt und ihr seine Visitenkarte gegeben hätte. Was er bei Tessa getan hatte – natürlich ohne zu ahnen, dass sie noch keine sechzehn war. Und auch die Verkäuferin in der Boutique – Tessa war wohl die Einzige, die sie noch halbwegs ernst genommen hatte. Die anderen drei waren für sie sowieso einfach Luft gewesen.

Das letzte Stück von der Busstation nach Hause legte Pia allein zurück. So gern sie Cherry mochte – sie war froh, dass sie an der vorherigen Ecke in ihre Straße abgebogen war. Eigentlich fand sie es schon toll, dass Cherry Sport machte, und Pia freute sich immer mit ihrer Freundin über ihre Erfolge. Aber sie hatte auch das Gefühl, dass es neben Sport noch etwas anderes im Leben geben musste.

Als Pia die Wohnungstür aufschloss, kam ihr ihre Mutter im Bademantel entgegen. Dabei war es doch erst früher Abend.

„Nanu?", machte Pia. „Was ist denn mit dir los? Bist du krank?"

„Aber nein", sagte Frau Gehrke. „Nur, nachdem neulich Torsten und Nadja bei uns waren, dachte ich, dass ich meinen Kleiderschrank mal wieder ausmisten müsste. Ich bin zwar nicht mehr so jung wie Nadja, aber modisch ein bisschen auf der Höhe bleiben muss man ja trotzdem …“

Pia warf einen Blick ins Schlafzimmer. Dort herrschte das totale Chaos. Frau Gehrke schien den gesamten Inhalt ihres Kleiderschrankes hinausbefördert und auf dem Bett und dem Schlafzimmersessel verteilt zu haben. Wenn es nicht noch der Kleiderschrank ihres Mannes mit dazu war, von der Menge her zu urteilen …

„Guck mal hier“, sagte Pias Mutter. Sie nahm ein Kleidungsstück, das zuoberst der Kleiderpyramide gelegen hatte, und hielt es Pia hin. „Dieses T-Shirt habe ich mir erst im Frühjahr gekauft. In dieser schicken Boutique in der Stadt. Du weißt schon, welche ich meine. Es war wirklich nicht billig, aber ich fürchte“, fuhr Frau Gehrke mit einem Seufzen fort, „es war ein Fehlkauf. Es steht mir nicht und irgendwie ist es auch zu klein. Wäre das nicht etwas für dich?“

Pia traute ihren Augen kaum. Von einem der Ärmel baumelte noch das Etikett mit dem Preisschild herab. Es trug den Namen der Boutique, in der sie noch vor einer knappen Stunde mit ihren Freundinnen gewesen war. Bisher unerreichbar für sie – vom Preis und überhaupt.

„Das ... das willst du nicht haben?“, fragte Pia fassungslos.

Ihre Mutter schüttelte den Kopf. „Nein. Wenn du es anziehen willst, bin ich froh.“

Pia nahm das T-Shirt, hielt es sich an und betrachtete sich im Spiegel.

Es war komplett anders als das T-Shirt, das Tessa gekauft hatte. Aber man sah, dass es vom selben Hersteller stammen musste. Eigentlich war es ganz schlicht. Dunkelrot, langärmelig, eng anliegend und mit einem hübschen runden Ausschnitt. Ebenso ein Klassiker wie das T-Shirt von Tessa. Und mit der gleichen verhalten teuren Ausstrahlung.

Im Handumdrehen zog Pia ihre Bluse aus. Sie fuhr in die Ärmel, tauchte mit dem Kopf durch den Ausschnitt und strich das T-Shirt an ihrem Körper glatt.

Im gleichen Moment kam es ihr so vor, als ob sie irgendetwas magisch in die Höhe hob. Dieses Gefühl, ein T-Shirt aus einer der besten Boutiquen der Stadt zu tragen.

„Oh, Mama“, flüsterte Pia glücklich. „Es ist einfach ein Traum.“

Eine neue Sitzordnung

„Hey, hast du das etwa gestern gekauft? Das habe ich gar nicht mitbekommen.“ Es hatte noch nicht zur ersten Stunde gegongt. Cherry saß auf ihrem Pult, hatte die Füße auf ihren Stuhl gestellt und zog mit zwei Fingern an Pias neuem T-Shirt. „Sieht ja edel aus.“

„Sieht nicht nur so aus“, antwortete Pia. „Sondern ist auch edel.“ Am liebsten hätte sie hinterhergesetzt: „Aus dem Laden, wo wir gestern noch waren.“ Stattdessen sagte sie: „Das habe ich geschenkt bekommen. Von meiner Mutter. Es passt ihr nicht.“

„Meine Mutter hat sich das zum Glück abgewöhnt. Mir ihre Klamotten zu vererben, meine ich“, sagte Mascha von der anderen Seite.

Nachdem im letzten Schuljahr Cherry in der Mitte gesessen hatte, hatte nun Pia den mittleren Platz zwischen den Freundinnen bekommen. Im nächsten Jahr würde Mascha wieder diejenige sein, die in der Mitte saß.

Jetzt gongte es. Pias Blick flog kurz zu Tessas Platz. Sie war noch nicht da.

Frau Sondermann betrat das Klassenzimmer und alles setzte sich. Die Mathematiklehrerin zählte zu den wenigen Lehrkräften, bei denen unmittelbar Ruhe im Klassenraum herrschte, sobald sie eintrat.

„Wer fehlt?“, fragte sie, als sie ihre Tasche abgestellt und das Klassenbuch aufgeschlagen hatte. Ihre Augen suchten die Bankreihen ab. „Ah, da hinten. Theresa ... Theresa ...“ Sie fuhr mit dem Finger die Klassenliste entlang und suchte offenbar nach Theresas Nachnamen.

„Meißenberg“, rief es aus der Klasse.

In diesem Moment klopfte es kurz an die Tür. Und gleich darauf wurde sie geöffnet.

„Ah, Theresa. Da bist du ja“, sagte Frau Sondermann. „Ich war schon drauf und dran, dich als fehlend einzutragen. Nun wird es also ein Eintrag wegen Verspätung.“

Da war sie wieder. Die Magnolie aus Stahl, wie Pias Vater sagte. Freundlich im Ton und unerbittlich in der Sache.

Sie sah auf ihre Armbanduhr. „Eineinhalb Minuten. Hast du eine Entschuldigung?“

Es war Tessa deutlich anzumerken, dass sie nicht im Traum damit gerechnet hätte, für eine Verspätung von eineinhalb Minuten eine lange Erklärung abgeben zu müssen. Sie kannte Frau Sondermann eben noch nicht, die Perfektionistin und Hohepriesterin der präzisen Angaben.

„Nein“, sagte Tessa verdattert. „Ich habe keine Entschuldigung. Ich habe mich einfach ganz normal verspätet.“

„Ganz normal verspätet?“ Frau Sondermann zog die Augenbrauen hoch. „Es ist nicht normal, sich zu verspäten. Pünktlich kommen, das ist normal.“

Offenbar konnte Tessa nicht fassen, was hier vor sich ging. Einen Moment schien sie unschlüssig zu sein. Aber dann fing sie sich plötzlich. „Nun gut“, sagte sie. „Ich gebe es zu: Ich habe zu lange vor dem Spiegel gestanden.“

Pia hielt den Atem an. Aufmüpfigkeit war nichts, was bei Frau Sondermann gut ankam. Andererseits lächelte Tessa geradezu entwaffnend. Charmant und freundlich, mit einer Reihe blitzblanker, makelloser Zähne.

Zu Pias Erstaunen verzog jetzt auch Frau

Sondermann die Lippen. Zunächst war es ein eher säuerliches Grinsen. Aber es sah so aus, als könnte sich durchaus noch ein echtes Lächeln daraus entwickeln. „Aha“, sagte sie. „Dann sollte ich vielleicht schreiben: Eineinhalb Minuten, wegen Schminkens.“

Jetzt lachte Tessa, leise und charmant. Dazu warf sie wieder den Kopf ein wenig in den Nacken, was wie eine Aufforderung an ihr Gegenüber wirkte, mitzulachen. „Es ist jedenfalls die Wahrheit“, sagte sie. „Wenn Sie wollen, können Sie es schreiben.“

Frau Sondermann zögerte einen Moment. Dann zog sie die Kappe von ihrem Stift: „Theresa Meißenberg. Eineinhalb Minuten verspätet, wegen Schminkens“, las sie vor, während sie schrieb. Dabei schien sie jetzt ein echtes Grinsen unterdrücken zu müssen. Als hätte sie mit ihrer Schülerin zusammen einen Scherz ausgeheckt. Es war wohl nicht nur ihr klar, dass diese Eintragung kein Mensch ernst nehmen würde.

„Gut, Theresa. Du kannst dich setzen“, sagte Frau Sondermann, nachdem sie ihr Kürzel unter die Eintragung gesetzt hatte. Dann begann sie den Unterricht.

„Wahnsinn“, flüsterte Cherry. „Hast du so was schon mal erlebt? Die wickelt ja alle um den kleinen Finger.“

Das war ziemlich genau das, was Pia auch gerade gedacht hatte. Und sie beneidete Tessa um diese Kunst.

„Das möchte ich auch können“, sagte sie hinter vorgehaltener Hand zu Cherry.

„Was ist?“

Pia nahm die Hand vom Mund. „Ich habe gesagt: Das möchte ich auch können“, flüsterte sie etwas deutlicher.

Es war wohl zu deutlich. Frau Sondermann, die gerade dabei war, eine Gleichung an die Tafel zu schreiben, drehte sich herum.

Augenblicklich begann Pia angestrengt in ihrem Mäppchen zu wühlen.

„Die drei Grazien“, sagte Frau Sondermann. „Pia, Cherry und Mascha. Wir kennen die Sache ja noch vom letzten Schuljahr. Die ewigen Schwätzereien. Und ich möchte das Problem diesmal gleich zu Beginn des Jahres lösen. Von vornherein. Ihr sitzt mir einfach zu dicht beieinander. Pia, bitte nimm deine Sachen und setz dich ...“, sie sah sich einen Moment suchend in der Klasse um, „auf den freien Platz neben Theresa. Und dort bleibst du zumindest in meinen Stunden vorerst sitzen."

Pia wurde puterrot. Seufzend packte sie ihre Sachen zusammen und stand auf. Cherry begleitete ihren Abgang mit einem Hundeblick.

„Hallo", sagte Pia leise, als sie sich neben Tessa setzte.

Tessa nahm ihre Tasche vom Tisch und stellte sie auf den Boden. Als sie Pia ansah, fiel ihr Blick auf Pias neues T-Shirt.

„Oh", machte sie nur leise. Dann zog sie ihre Lederjacke aus, die sie noch anhatte. Und darunter kam das violette T-Shirt zum Vorschein, das unverkennbar aus derselben Serie stammte wie das dunkelrote von Pia.

In der Pause standen sie zu viert auf dem Schulhof zusammen.

„So richtig locker ist die Sondermann ja nicht drauf", stellte Tessa fest.

„Kann man nicht gerade sagen", sagte Cherry. „Aber du hast noch Glück gehabt. Wenn sie die entsprechende Laune hat, kann sie Szenen machen, dass einem Hören und Sehen vergeht."

„Frau Sondermann und die Hausmeisterin“, pflichtete Mascha bei. „Bei den beiden kann man ganz dumm auflaufen …“

„Apropos Hausmeisterin“, sagte Pia jetzt. „Ich muss mal schnell zum Kiosk. Ich komme um vor Hunger. Bis gleich.“

So unleidlich die Hausmeisterin oft war – am Kiosk, den sie führte, gab es eine Menge leckere Dinge. Nicht nur Schokoriegel und Cola, sondern auch frisch belegte Brote und warmen Kakao. Nachdem Pia ihren kleinen Ärger über Frau Sondermann überwunden hatte, hatte sie schon während des Unterrichts Hunger bekommen. Oder vielleicht war dieser Hunger ja auch nur eine Reaktion auf den Ärger, auf den Adrenalinausstoß ihres Körpers. Jedenfalls schwebten die sogenannten Doppeldecker – drei übereinander gestapelte Scheiben Brot, zum Beispiel mit Tomaten und Mozzarella und Pesto-Sauce – wie appetitliche Ufos vor ihrem geistigen Auge hin und her.

Die Schlange vor dem Kiosk war wieder einmal ziemlich lang. Es dauerte ewig, bis Pia an der Reihe war.

Dann endlich war es so weit. „Einen Doppeldecker mit Tomaten und Mozzarella bitte", gab Pia ihre Bestellung auf.

Die Hausmeisterin warf einen halben Blick über die Schulter. „Ist nicht mehr da", knurrte sie. „Du weißt doch auch, dass die immer als Erstes weg sind. Und wenn man so spät kommt wie du …"

„Dann nehme ich mit Kräuterquark und Gurken", antwortete Pia schnell.

Die Hausmeisterin legte eine Serviette bereit, nahm die Servierzange und schwebte bereits mit dem Quarksandwich über der Serviette.

„Halt, nein!", rief Pia in diesem Moment. „Ich glaube, ich nehme lieber …" Ihre Augen flogen über die noch übrig gebliebenen Sandwiches – Schinken und Käse, Schinken und Eier, Salami und Paprika, Doppel-Käse, Käse und Eier …

Die Hausmeisterin hatte das Quark-Gurken-Sandwich schon wieder zurückgelegt. „Ach, doch", meinte Pia jetzt aber. „Ich bleibe lieber doch bei Kräuterquark mit Gurke."

Die Augen der Hausmeisterin blitzten gefährlich. Womöglich würde sie Pia gleich erklären, dass sie während der nächsten Wochen nicht mehr zum Kiosk kommen müsste. Weil sie derartige Fälle von Wankelmut, die sie von der Arbeit abhielten, nicht bediente. Pia wäre nicht das erste Opfer dieses Prinzips gewesen.

Vor Pias geistigem Auge erschien die Situation von diesem Morgen: Tessa, die vor Frau Sondermann stand und der es gelang, die sonst so Unerbittliche sogar zum Lächeln zu bringen.

„Entschuldigung“, sagte Pia und strich sich mit einer halb verlegenen Geste eine Haarsträhne hinters Ohr. Dann warf sie den Kopf ein wenig in den Nacken und lachte leise und so charmant, wie sie konnte. So entwaffnend eben, wie Tessa es bei Frau Sondermann auch gemacht hatte. „Ich bin heute Morgen wohl etwas unentschlossen.“

„Das kann man wohl sagen“, bestätigte die Hausmeisterin grollend. Sie wickelte das Quark-Gurken-Sandwich in die Serviette und reichte es Pia.

Pia strahlte sie an, freundlich die Zähne zeigend und mit einem leichten Wurf des Kopfes in den Nacken.

„Na ja“, meinte die Hausmeisterin, während sie das Wechselgeld herausgab. „Dann wollen wir mal hoffen, dass du mit deinen Verehrern genauso wählerisch bist." Und auf ihrem Bulldoggen-Gesicht erschien zum ersten Mal, solange Pia sich erinnern konnte, die Andeutung eines Lächelns.

Insgesamt hatte Pia Mathe immer gemocht. Sowohl das Fach wie auch Frau Sondermann. Eigentlich kam sie mit ihrer Art gut klar. Man wusste immer, woran man bei ihr war.

Nachdem Pia die leichte Demütigung verwunden hatte, dass ihre Lehrerin sie umplatziert hatte, war sie ihr jetzt sogar ganz dankbar.

Natürlich hätte Pia sich ohne Frau Sondermanns Verweis niemals von Cherry und Mascha weggesetzt. Aber nachdem es nun mal so war, fand Pia es neben Tessa gar nicht mal so schlecht. Seit acht Schuljahren hatten sie zu dritt zusammen gegluckt. Da konnte es nicht schaden, einmal etwas Abwechslung ins Leben zu bringen.

Cherry hatte Recht gehabt: Tessa war so ganz anders als sie und Mascha. Aber genau das war es eigentlich, was Pia faszinierte. Tessa besaß bereits einige Dinge, die Pia bisher nur bei ihrer Mutter gesehen hatte: ziemlich teures Make-up, aktuellen Schmuck, der von einem bekannten Designer zu stammen schien, und Klamotten aus einer der ersten Boutiquen der Stadt – und nicht aus dem Billigladen, wo Pia und ihre Freundinnen bisher eingekauft hatten. Unter diesen Umständen war Pia doppelt froh, dass ihre Mutter ihr das T-Shirt geschenkt hatte. Sie wäre sich sonst neben Tessa wie ein Aschenputtel vorgekommen.

Allerdings hatte sie auch keine Lust, nun in jeder Mathestunde das dunkelrote T-Shirt zu tragen. Daher begann sie sich nun öfter Kleidungsstücke ihrer Mutter auszuleihen.

„Oh", machte Tessa, als Pia an einem relativ kühlen Morgen mit einem der Stücke auftauchte, die sie im Kleiderschrank ihrer Mutter am tollsten fand. Es war ein Hemd aus dünnem Veloursleder. Ihre Mutter hatte es erst wenige Male getragen und es Pia nur unter strengsten Auflagen geliehen.

Tessa fuhr bewundernd mit den Fingerkuppen über das samtweiche Leder. „Neu?"

„Ja", sagte Pia stolz, „neu." Wer das Lederhemd neu hatte, sie oder ihre Mutter, tat ja nichts zur Sache.

„Ich habe auch etwas Neues“, sagte Tessa. „Hier.“ Sie reichte Pia eine flache schwarze Dose. Eine Art Puderdose. „Das ist echt ein Traumzeug“, sagte Tessa. „Eine neue Grundierung aus Amerika. Leider sauteuer. Aber gut.“

Pia ließ die Dose aufschnappen. Sie blickte in den kleinen Spiegel im Deckel. Bleich kam ihr ihr Gesicht plötzlich vor. Bleich, müde und ausdruckslos. Zu wenig Kontur. Das konnte auch der Alltags-Kajalstrich am unteren Augenlid nicht ändern.

„Wenn du willst, kannst du die Grundierung mal ausprobieren. Gleich, in der Pause“, schlug Tessa vor.

Pia klappte den Deckel zu. Sie hatte genug von ihrem Bleichgesicht. „Gern“, sagte sie. „Ich glaube, etwas Farbe am frühen Morgen kann nicht schaden.“

Frau Sondermanns Stunden zählten zu denen, die für Pia am schnellsten vergingen. Trotzdem fand sie, dass es höchste Zeit war, als sich nach der Doppelstunde die erste große Pause endlich näherte. Sie hatte heute Morgen wohl eine Tasse Tee zu viel getrunken. Und jetzt hielt sie es kaum noch aus.

„Wir kommen nach“, rief sie Cherry und Mascha zu, als diese an der Klassentür zu ihnen stießen, um gemeinsam mit Tessa und Pia auf den Schulhof zu gehen. „Ich muss unbedingt aufs Klo. Zu viel Tee heute Morgen. Und Tessa kommt mit.“

„Ach“, sagte Mascha grinsend zu Cherry. „Und ich hatte gedacht, dass wir das Stadium des Zusammen-aufs-Klo-Gehens endlich hinter uns hätten.“

Der Ansturm auf die Toiletten war in jeder Pause enorm. An diesem Tag aber hatte Pia das Glück, bei den Ersten zu sein.

„Uff“, sagte sie, als sie aus der Kabine kam. „Das war wirklich höchste Eisenbahn.“

Tessa hörte gar nicht hin. Sie hatte den gesamten Inhalt ihrer Make-up-Tasche auf der Ablage vor dem Spiegel ausgebreitet. Grundierung, Kajal, Mascara, Lippenstift und Puder – eine komplette Ausrüstung.

„So“, sagte sie. Sie fasste Pia sanft am Kinn und drehte ihr Gesicht auf sich zu. Sie wirkte konzentriert und schien gar nicht mehr wahrzunehmen, dass sie sich hier in einer eher hässlichen Schultoilette befanden – und nicht in einem gut ausgeleuchteten Fotostudio. „Jetzt wollen wir mal sehen, was wir aus dir machen können."

Als Tessa fertig war, hatte es bereits zum zweiten Mal gegongt. Pia blieb nur noch ein kurzer Blick in den Spiegel.

„Wow!", machte sie atemlos. Eine ganz andere Pia sah ihr dort entgegen. Nicht mehr das müde Bleichgesicht von heute früh. Sondern eine muntere, aufgeweckte Pia, die aussah, als könnte sie Bäume ausreißen – wenn sie nicht das teure Veloursshemd ihrer Mutter und überhaupt die Eleganz, die ihr geschminktes Gesicht ausstrahlte, davon abgehalten hätten. „Wow!", sagte sie noch einmal. Und: „Danke, Tessa. Das ist wirklich Spitze!"

Dann mussten sie sich beeilen. Sie liefen über den Schulhof zurück ins Gebäude und über die Flure, die sich bereits gefährlich geleert hatten. Die Tür zu ihrem Klassenzimmer stand noch offen. Zu spät kamen sie also nicht.

In diesem Augenblick tauchte von der anderen Seite des Flures, aus dem kleinen Treppenhaus, das direkt im Lehrertrakt endete, Herr Neumann, ihr Deutschlehrer auf.

„Jetzt aber schnell! Dann schafft ihr es noch vor mir“, rief er Tessa und Pia belustigt zu.

Mit zwei Metern Vorsprung vor Herrn Neumann liefen sie über die Schwelle. Pias Schulsachen lagen noch an dem Platz, auf dem sie während der Mathestunden gesessen hatte: neben Tessa.

Jetzt ist es zu spät, um zusammenzupacken und mich wieder zwischen Mascha und Cherry zu setzen, schoss es Pia durch den Kopf. Und überhaupt, überlegte sie weiter, würde es ihr schwer fallen, Tessa jetzt wieder allein sitzen zu lassen. Nachdem diese ihr teures Make-up auf sie verwendet hatte …

Atemlos ließen sich Pia und Tessa auf ihre Plätze in der letzten Reihe fallen. Pia beugte sich vor und winkte ihren Freundinnen in der Seitenreihe zu. Eine Mischung aus einem hilflosen Signal und einer stummen Geste. Cherry zog überrascht die Augenbrauen in die Höhe.

Dann begann Herr Neumann seinen Unterricht.

Im Zoo

Zumindest Cherry war deutlich anzumerken gewesen, dass sie erst einmal ganz schön hatte schlucken müssen, als Pia neben Tessa sitzen blieb. Ein paar Tage hatte sie gewartet. Als dann Pia aber noch immer nicht an ihren alten Platz zurückgekehrt war, war sie auf den Platz neben Mascha aufgerückt.

„Ich finde, wir sollten mal wieder etwas zusammen unternehmen", sagte Mascha eines Tages, als sie wieder einmal zu viert auf der kleinen Mauer auf dem Schulhof saßen. „Ins Kino gehen, oder von mir aus auch in den Zoo."

„Gute Idee", meinte Cherry. „Der Zoo, meine ich. Vor allem, solange das Wetter noch so gut ist. Im Herbst, wenn es nur noch regnet, macht es keinen Spaß. Und ins Kino können wir noch den ganzen Winter gehen."

„In den Zoo?" Tessa klang, als hätte sie den Begriff „Zoo" noch nie in ihrem Leben gehört. „Was wollen wir denn im Zoo?"

„Was man im Zoo eben so macht“, antwortete Cherry. „Spazieren gehen und uns die Tiere ansehen. Wie alle Leute.“

Tessa sah zu Pia. „Kannst du dir vorstellen, in den Zoo zu gehen?“

„Warum nicht?“, antwortete Pia. Sie war allerdings nicht ganz bei der Sache. Sie hatte etwas ins Auge bekommen – Staub oder eine Wimper oder was auch immer – und hatte alle Mühe, den Fremdkörper hinauszureiben, ohne dabei ihr Make-up zu verwischen. Seitdem Tessa sie im Schulklo geschminkt hatte, verwendete sie nun selbst mehr Mühe darauf. Sie hatte sich auch eine neue Grundierung gekauft. Die Verpackung sah so ähnlich aus wie bei Tessas Grundierung. Und teuer war das Zeug auch gewesen. Zwar bestimmt nicht so teuer wie das von Tessa. Aber das konnte sich ja noch ändern, wenn Pia erst mal ein paar Shootings gehabt hatte. Allmählich müsste sich dieser Frank, an den Tessa ihre Fotos vermittelt hatte, ja melden. „Ich stelle es mir ganz nett vor, mal wieder in den Zoo zu gehen“, knüpfte sie an die Unterhaltung ihrer Freundinnen an. „Da war ich schon ewig nicht mehr.“

„Das kann ich mir vorstellen“, sagte Tessa mit einem unterdrückten Schnauben in der Stimme. „Ich denke, so ein Zoo ist interessant, wenn man unter drei oder über sechzig Jahre alt ist. Dann ist der Eintritt auch frei.“

Mascha sah Tessa an. „Und was meinst du, als was du durchgehen würdest? Unter drei oder über sechzig?“, fragte sie mit unbeweglicher Miene.

Tessa sah sie an und zog eine Augenbraue in die Höhe.

„Das Geld dürfte ja nun wirklich nicht dein Problem sein“, fuhr Mascha fort. „Du hast doch am meisten Geld von uns allen, mit deinen Model-Fotos.“

Einen Moment lang schwieg Tessa. Man hätte denken können, gleich würde sie wütend. Aber dann strich sie sich verlegen eine Haarsträhne hinters Ohr. „Ja, ja, stimmt schon“, gab sie zu. „Das mit dem Geld, meine ich.“ Ihre Stimme klang jetzt wieder freundlich und verbindlich. Nicht mehr so unterschwellig aggressiv. „Also gut“, fuhr sie dann fort. „Wenn ihr wollt, dann gehen wir eben in den Zoo. Aber nur, wenn ich Zuckerwatte und einen Luftballon bekomme“, endete sie mit einer quakenden Kinderstimme.

„Apropos Fotos und Geld“, fiel Cherry nun ein. „Was ist denn jetzt eigentlich mit deinen Fotos, Pia? Hatte Tessa die nicht zu ihrem Fotografen gebracht?“

„Doch, schon ...“, antwortete Pia. Es war schwer, darauf eine befriedigende Antwort zu geben. So oft sie sich bei Tessa danach erkundigt hatte, hatte Tessa genervt reagiert und gesagt, dass Frank eben viel zu tun hätte oder gerade zu Aufnahmen unterwegs sei oder was auch immer.

„Frank ist für vierzehn Tage in Los Angeles“, sagte Tessa, bevor Pia weiterreden konnte. „Er hat mir hoch und heilig versprochen, sich danach um Pia zu kümmern. Aber im Moment hat er so viel zu tun, dass er nicht weiß, wo ihm der Kopf steht ...“

„Es ist eben total schwierig“, sprang Pia jetzt wieder Tessa bei. „Es gibt so viele Mädchen, die Model werden wollen. Und die Fotografen sind total überlaufen.“

„Meiner nicht“, warf Mascha ein. „Da könnte ich dir sicher etwas vermitteln. Inklusive Plüschkissen und dicken Dackeln ...“

„… wie unsere Tessa“, beendete Cherry den Satz für sie. „Das wandelnde Sofa.“

Tessa sah auf. „Wie bitte?“, fragte sie.

Cherry wurde rot. „Oh, bitte entschuldige, Tessa. Ich meinte natürlich nicht dich, sondern … sondern …“ Man sah ihr an, wie ein Lachen in ihr aufstieg. „Den dicken Rauhaar-Dackel … von meiner Oma“, presste sie heraus und bemühte sich, nicht loszuprusten. „Der heißt nämlich auch Tessa, ehrlich wahr. Das hatte ich dir eigentlich nicht sagen wollen, aber es ist mir eben so … so herausgerutscht. Oh, Mann!“ Ein regelrechter Lachanfall schien über sie hereinzubrechen. Cherry hielt sich die Hand vor den Mund und wurde puterrot.

Tessa sah zu Pia. „Tessa … äh, ich meine, der Hund von Cherrys Oma, heißt wirklich so“, sagte Pia, ein wenig verlegen. Sie zuckte die Schultern. „Was will man da machen?“ Dann musste sie ebenfalls grinsen, als sie sah, dass auch Mascha kaum noch ernst bleiben konnte, nachdem sie Cherry angesehen hatte.

Tessa stand auf. „Wisst ihr was?“, fragte sie. „Sagt mir einfach Bescheid, wenn ihr nicht mehr so albern seid.“ Damit ging sie davon.

Pia, Cherry und Mascha sahen ihr nach.

„Ist sie jetzt sauer?“, fragte Cherry. Sie wischte sich die Lachtränen aus den Augen. „Ich kann doch auch nichts dafür …“

„Mach dir keine Gedanken“, fiel Mascha ihr ins Wort. Aber auch sie sah Tessa eher nachdenklich hinterher. „Eigentlich muss man so eine Frotzelei aushalten können. Unter Freundinnen.“

Es war Freitagnachmittag. Ein wunderbarer Spätsommertag. Die riesigen alten Bäume des Zoos reckten ihre Kronen in den tiefblauen Himmel. Auf der Wiese gleich hinter dem Eingang grasten die zahmen Rehe. So lange Pia, Mascha und Cherry denken konnten, durften sie im Zoo frei herumlaufen – sehr zur Freude der Besucher, die auf diese Weise nicht nur durch Gitter und Zäune hindurch Kontakt mit den Tieren aufnehmen konnten.

An einem der Automaten, die in der Nähe des Eingangs aufgestellt waren, zog Mascha eine Tüte Tierfutter. „Ich denke zwar immer noch viel ans Essen“, kommentierte sie ihre Tätigkeit, „aber wenigstens nicht nur an Essen für mich.

Wenn ihr nett zu mir seid, gebe ich euch auch etwas davon ab“, sagte sie zu den Freundinnen.

„Zum Selberessen oder um die Tiere damit zu füttern?“, meinte Cherry.

„Das kannst du halten, wie du willst“, entgegnete Mascha. „Aber eigentlich dachte ich an die Tiere. Ich habe schon als kleines Mädchen immer die zahmen Rehe gefüttert. Es kitzelt so schön, wenn sie einem aus der Hand fressen.“

„Und ich habe es immer schon gehasst“, sagte Tessa und schob ihre Hände tief in die Taschen ihrer Jeans.

Dann gingen sie los, den Hauptweg entlang. Immer wieder blieben Pia, Mascha und Cherry stehen, lasen die Tafeln, die an den Gehegen angebracht waren, und unterhielten sich über die Tiere. Tessa lief entweder teilnahmslos vorneweg oder bummelte hinterher.

Pia war nicht wohl bei der Sache. Sie machte einige Versuche, Tessa einzuholen oder sie, wenn sie zurückgefallen war, wieder an sich und ihre Freundinnen anzubinden. Aber es gelang ihr nicht richtig. Tessa blieb verschlossen und schien schlecht gelaunt zu sein.

„Hallo, die Damen!“ Ein junger Mann stellte

sich ihnen plötzlich in den Weg. Er hatte eine Kamera umhängen und auf einer Tafel, die an der Seite des Weges angebracht war, sah man Aufnahmen anderer Leute, die hier vorbeigekommen waren. Kinder vor allem, mit Luftballons oder auf ihren Dreirädchen. Aber auch Leute mittleren Alters und ein paar Omas und Opas. „Darf ich vielleicht ein paar Fotos von euch machen? Ehrlich gesagt – so viel Attraktivität auf einmal kommt mir selten vor die Linse. Obwohl die Pfauen gleich nebenan auf der Wiese stehen“, setzte er hinzu und deutete auf die prächtigen Vögel, die in unmittelbarer Nähe herumstolzierten und ihre Federn aufstellten.

Mit einem Mal stand Tessa, die ein paar Schritte hinter den anderen gegangen war, neben Pia. „Klar. Gern“, sagte sie. „Nicht wahr?“ Sie sah Pia mit leuchtenden Augen an. Pia konnte plötzlich kaum noch glauben, dass Tessa ihr bis vor wenigen Augenblicken durch ihre Muffeligkeit fast auf die Nerven gegangen war.

„Was sollen wir denn machen?“, fragte Tessa jetzt. Sie war mit einem Mal aufgeweckt und freundlich. Als hätte sie sich schon Wochen auf diesen Zoobesuch gefreut.

„Bleibt einfach mal so stehen“, sagte der Fotograf. „Nur hübsch lächeln, das reicht bei euch schon.“ Er hob die Kamera und der Auslöser surrte einige Male.

Während Pia, Mascha und Cherry urplötzlich nicht mehr wussten, wohin mit ihren Armen, schien jetzt Tessa richtig in ihrem Element zu sein. Sie wechselte Stand- und Spielbein, verschränkte die Arme mal lässig hinter dem Rücken, fasste mal unvermittelt Cherry um die Schulter, fuhr sich mit einer Hand durchs Haar oder deutete irgendwo in die Gegend.

„Danke, ich glaube, das genügt“, sagte der Fotograf schließlich.

„Was? Schon fertig?“, fragte Tessa. Sie sah sich suchend um.

Wonach guckt sie bloß?, überlegte Pia.

„Nein, wie süß!“, brach es dann unvermutet aus Tessa heraus. Quer über die Wiese neben dem Hauptweg kam auf wackeligen Beinen ein junges Reh auf die Mädchen zu. Seine Mutter folgte ihm zögernd, im Abstand von einigen Metern.

„Ist das niedlich!“ Tessa ließ die anderen stehen. Mit ein paar schnellen Schritten auf ihren langen Beinen erreichte sie die flache Umzäunung der Wiese und ging in die Knie. „Na, du?“, sagte sie mit schmeichelnder Stimme und beugte sich dem jungen Reh entgegen.

„Super! Bleib so!“ Schneller als Mascha, Pia und Cherry gucken konnten, war der Fotograf bei Tessa. Der Auslöser surrte unablässig. Tessa beugte sich noch weiter vor und ließ das Kitz an sich schnuppern.

„Genial! Du bist ein Naturtalent!“, jubelte der Fotograf.

„Mascha“, sagte Tessa jetzt, ohne ihren Kopf zu Mascha umzuwenden. „Gib mir doch mal ein bisschen Futter. Aber vorsichtig! Dass das Kleine nicht wegläuft.“

„Du willst es füttern?“, fragte Mascha überrascht nach. „Ich denke, Rehe füttern magst du nicht!“

„Mach schon“, antwortete Tessa und schüttelte ungeduldig die geöffnete Hand, die sie hinter ihren Rücken hielt.

Verblüfft kramte Mascha die Tüte aus ihrer Jackentasche und reichte Tessa zwei kleine Stückchen Futter.

Tessa legte das Futter auf ihre flache Hand.

„Hier, Kleines, schau mal, was ich da habe ...“, sagte sie mit schmeichelnder Stimme.

In diesem Moment schrie der Pfau auf der Wiese. Es gellte durch den ganzen Zoo. Das kleine Reh sprang entsetzt zurück und lief zu seiner Mutter.

„Mistvieh!“, schnaubte Tessa, und es war nicht klar, ob sie das kleine Reh oder den Pfau meinte. „Jetzt können wir uns die Aufnahme an den Hut stecken.“

„Es reicht doch auch so schon“, sagte der Fotograf. „Außerdem ist der Film voll.“ Tatsächlich hörte man, wie sich der Film surrend zurückspulte. „Aber pass mal auf“, fuhr er dann fort. Er griff in seine Jackentasche und zog eine Visitenkarte hervor. „Hier ist meine Telefonnummer. Ruf mich an. Wir sind gerade dabei, neue Werbeplakate zu gestalten, und ich könnte mir vorstellen, eine der Aufnahmen mit dir als Motiv vorzuschlagen.“

„Mein Vater wird sich mit Ihnen in Verbindung setzen“, sagte Tessa. Sie wirkte auf einmal wieder kühl und nahm die Karte mit einer herablassenden Geste entgegen. „Aber ich kann Ihnen jetzt schon sagen, ich bin nicht billig.“

Während des ganzen restlichen Nachmittags brannte es Pia auf den Lippen, mit Tessa zu reden. Über ihre anfänglich schlechte Laune im Zoo und ihren plötzlichen Stimmungswechsel. Und auch darüber, dass sie sich gewundert hatte, warum Tessa dem Fotografen gegenüber mit einem Mal so arrogant geworden war.

Dass dies kein Thema war, das sie vor Mascha und Cherry anschneiden konnte, war Pia vollkommen klar. Erstens hatte sie das Gefühl, dass auch die beiden nach den Fotos plötzlich unter Anwandlungen von schlechter Laune litten und sich von Zeit zu Zeit vielsagende Blicke zuwarfen. Zweitens wollte sie Tessa im Beisein der anderen keine Vorhaltungen machen.

Sie war daher froh, dass Mascha sich erst einmal aufs Klo verzog, als sie nach dem Besuch im Zoo noch einen Abstecher ins Eiscafé machten und Cherry sich am Tresen ein Milchshake aussuchte.

„Sag mal, Tessa, so arrogant, wie du vorhin plötzlich zu dem Fotografen warst ... meinst du, das war klug?“, begann Pia vorsichtig das Gespräch.

„Was heißt hier arrogant?“, entgegnete Tessa.

„Er soll nur gleich wissen, dass ich nicht einfach ein unbezahltes Schulmädchen bin."

Pia steckte den Seitenhieb unkommentiert weg. Denn das war es ja wohl, was sie bisher war: ein unbezahltes Schulmädchen. „Er war doch eigentlich richtig nett", versuchte sie das Gespräch weiterzubringen.

Aber Tessa fiel ihr ins Wort. „Hör zu", sagte sie und beugte sich über den Tisch Pia entgegen. „Ich bin bei Frank fest gebucht. Was er mir bezahlt, ist okay. Aber allmählich könnte es mehr werden. Wenn ich ihm jetzt sagen kann, ‚Hey, Frank, da ist jemand, der bietet mir für Fotos soundso viel mehr als du …'"

„Ist es echt wahr?" Cherry kehrte vom Tresen zurück. Sie rückte ihren Stuhl nach hinten und setzte sich. „Jetzt waren wir den ganzen Tag im Zoo – und ihr redet schon wieder nur übers Model-Sein?"

Pia sah sie verdattert an. „Aber neulich wolltest du doch selbst noch wissen, wie es mit den Fotos bei Frank aussieht."

„Das habe ich auch schon längst bereut", antwortete Cherry. „Spätestens seit heute Nachmittag."

Tessa lehnte sich auf ihrem Stuhl zurück. „Hast du einen anderen Vorschlag? Worüber sollen wir reden?“ Sie bemühte sich offenbar um einen neutralen Tonfall. Pia merkte aber nur zu deutlich, dass sie sauer war.

„Na, zum Beispiel über den Zoo“, antwortete Cherry. Auch sie klang jetzt unterschwellig gereizt. „Welche Tiere uns am besten gefallen haben, welche wir am niedlichsten fanden oder am beeindruckendsten …“

Mascha war inzwischen von der Toilette zurückgekehrt. Sie setzte sich auf den freien Platz zwischen Pia und Tessa. „Also ich glaube, ich fand die Pinguine mal wieder am besten“, meinte sie. „Und die müssten dir eigentlich auch gefallen haben, Tessa. Erstens sind sie hochelegant, in ihren schwarzen Fräcken. Zweitens watscheln sie immer so schön hintereinander her, wie auf einem Laufsteg. Und die mit den ulkigen Kopffedern, die nach allen Seiten abstehen, die Adelie-Pinguine, die könnten doch glatt zu einer Hut-Modenschau gehören.“

„Das ist eine Super-Idee“, stimmte Pia zu und lachte. Sie war froh, dass das Thema durch Mascha an Schärfe zu verlieren schien. „Meinst du nicht auch, Tessa, das sollte man mal machen? Bei einer Modenschau ein paar Pinguine zwischen den Models über den Laufsteg laufen lassen? Das stell ich mir total gut vor …“

Tessa antwortete nicht. Sie zog nur die Augenbrauen hoch, dann stand sie auf und holte sich von einem Ständer an der Wand etwas zu lesen. Die neueste Ausgabe einer Mode-Zeitschrift. Sie schlug sie auf und vertiefte sich darin.

Cherrys Augen sprühten plötzlich Feuer. „Ich halte es nicht mehr aus. Mode und Styling und Fotos und Shootings. Etwas anderes gibt es anscheinend nicht, worüber ihr euch unterhalten könnt.“

Jetzt schlug Tessa wütend die Zeitschrift zu. „Es tut mir Leid“, sagte sie. „Ich habe nun mal keinen Spaß an Kindereien wie Spaziergängen im Zoo oder Einkaufsbummeln im Billigladen. Dazu ist mir meine Zeit zu schade.“

„Deine Zeit ist dir zu schade?“, entgegnete Cherry. „Womit verbringst du deine Zeit denn? Doch nur mit Schönsein und weiter nichts.“

„Cherry“, versuchte Mascha die Freundin zu beschwichtigen. „Jetzt brich doch keinen Streit vom Zaun …“

„Bringen wir es doch mal auf den Punkt“, sagte Tessa. Sie schien sich große Mühe zu geben, ruhig zu bleiben. Aber ihre Stimme zitterte. „Es gibt Leute, die sich dazu eignen, Mode vorzuführen. Für die gehört Styling und Schönsein, wie du es nennst, einfach zum beruflichen Interesse.“

„Und es füllt sie absolut aus. Da ist kein Platz mehr für anderes. Klar“, fiel Cherry spöttisch ein.

„Und auf der anderen Seite“, fuhr Tessa fort, ohne auf Cherrys Einwand einzugehen, „gibt es welche, die sich absolut nicht dafür eignen, schöne Dinge vorzuführen.“ Ihre Stimme verlor jetzt an Halt. Sie bebte, wankte, wie das Grollen der Erde vor einem Vulkanausbruch. „Bei denen Hopfen und Malz verloren ist. Und die sich offenbar noch nicht mal richtig Mühe geben, halbwegs vernünftig auszusehen. Und die gehen dann eben in den Zoo!“, endete sie fast schreiend.

Sie knallte ein Zwei-Euro-Stück für ihre Cola auf den Tisch, dann hängte sie sich ihre Tasche über die Schulter und verließ das Café.

Lippenstifte

Liebend gern hätte Pia während des folgenden Wochenendes geglaubt, dass der kalte Schauer, der ihr immer wieder über den Rücken lief, vom Regen rührte, der plötzlich begonnen und den Spätsommer in einen nasskalten Frühherbst verwandelt hatte. Sie kuschelte sich mit ihrer Decke tiefer in den Sessel in ihrem Zimmer. Aber sie wusste nur zu gut, dass der Schauder der Nachhall der Szene war, die am Freitag im Eiscafé stattgefunden hatte. Ebenso die Worte, die sie immer wieder aus der Erinnerung wie eisige Blitze durchzuckten. Dass dieser Streit unter ihren engsten Freundinnen vorgefallen war, wollte sie noch immer nicht wahrhaben.

Andererseits musste sie sich eingestehen, dass sie in nicht unerheblichem Maße zur Verschärfung der Situation beigetragen hatte. Sie hatte kurz nach Tessa ebenfalls das Eiscafé verlassen und Cherry und Mascha allein sitzen gelassen.

Noch auf der Straße hatte sie Tessa eingeholt.

Tessa war vor Wut den Tränen nahe gewesen. Dass es Mascha und vor allem Cherry im Eiscafé nicht wesentlich anders zu Mute war, darüber war sich Tessa bereits in diesem Moment völlig im Klaren.

Als Pia endlich wieder zu Hause war, hätte sie ebenfalls heulen können. Wie auch jetzt, in diesem Moment wieder. Es war einfach unglaublich! War nicht genau das passiert, was Cherry prophezeit hatte? Aus vier Personen hatten sich zwei Parteien gebildet. Und nun standen nicht mehr drei Freundinnen eng zusammen, sondern jeweils zwei der Mädchen bildeten eine Front gegen die beiden anderen.

Andererseits – was hätte Pia in jenem Moment tun sollen? Sie war doch diejenige gewesen, die das Foto-Thema im Café noch einmal aufgebracht hatte. Das Ganze war also sozusagen ihre Schuld. Wenn sie Tessa nicht darauf angesprochen hätte – wer weiß, vielleicht hätte Tessa ja von sich aus angefangen, über den Zoo zu sprechen?

Pia rollte sich enger in ihrem Sessel zusammen und nahm ein Kissen in die Arme.

Mach dir nichts vor, sagte sie sich. Wenn Tessa

wirklich erzählt hätte, was ihr im Zoo gefallen hatte – dann wäre das Thema auch wieder dasselbe gewesen: die Fotos, ihr kleiner Auftritt mit dem Rehkitz. Denn nichts anderes war es doch gewesen: ein inszenierter Auftritt. Gut, sicher hatte Tessa das kleine Tierchen auch wirklich süß gefunden. Aber sie hatte auch ein gutes Gespür für Stimmungen – und für Bilder. Ihr war völlig klar gewesen, dass der Fotograf von dem Motiv eines jungen Mädchens mit einem kleinen Reh begeistert sein würde.

Es war nicht ganz aus der Luft gegriffen, wenn Cherry meinte, dass Tessa nur eins im Kopf hatte: Klamotten und Styling und Modekult. Und andererseits – war Tessa eben diejenige, die Pia den Weg ebnen konnte. Den Weg zu ihrem Traumberuf. Den Weg zur Modelkarriere.

Okay, vorerst ging es natürlich nur um diesen Frank und ein paar erste Shootings. Aber von dort aus würde sich die Sache ja sicher weiterentwickeln. Es blieb dabei: Tessa war Pias ganz große Chance.

Die Musik endete. Seufzend stand Pia auf, legte eine neue CD in ihren Player ein. Eine CD, die sie von Cherry und Mascha bekommen hatte.

Normalerweise hätten sie und ihre Freundinnen bis jetzt, Samstagmittag, schon mindestens einmal miteinander telefoniert gehabt. Aber an diesem Wochenende schwieg das Telefon. Ob es vielleicht kaputt war?

Pias Blick fiel auf ihre Kommode. Auf das Foto vom ersten Schultag. Mascha, Cherry und sie standen mit ihren Schultüten vor dem Schulgebäude. Einschulung! Wie aufregend!

Pia strich mit dem Finger ein wenig Staub vom Bilderrahmen. Ob sie sie mal anrufen sollte? Oder vielleicht nicht doch lieber Tessa?

Pia packte eine Hand voll Glasmurmeln, die als Dekoration in einer Glasvase steckten, und begann abzuzählen.

Tessa ... Cherry und Mascha ... Tessa ... Cherry und Mascha ...

Erstaunlich, wie viele Murmeln in eine Hand passten.

Tessa ... Cherry und Mascha ...

Bevor sie zu Ende abgezählt hatte, klingelte das Telefon. Pia ließ die restlichen Murmeln zurück in die Vase kullern und ging dran.

Es war ihr Onkel Torsten. „Hallo, Pia. Ist deine Mutter da?“, fragte er.

Enttäuscht reichte Pia den Hörer weiter. Sie ging zurück in ihr Zimmer und verzog sich wieder in ihren Sessel. Warum konnte man die Zeit nicht zurückdrehen? Dann hätte Pia sie nicht nur auf Freitagnachmittag zurückgestellt, sondern noch ein paar Tage weiter nach hinten. Auf die große Pause, in der sie auf der kleinen Mauer gesessen und den Zoobesuch geplant hatten. Schon da war etwas schief gelaufen, vor allem zwischen Tessa und Cherry.

Ein paar Minuten später öffnete Frau Gehrke Pias Zimmertür. „Wenn du schon den ganzen Tag zu Hause herumhockst, könntest du mir helfen, den Kaffeetisch zu decken", sagte sie. „Torsten und Nadja kommen vorbei. Und sie sagen, sie haben etwas für dich."

Der folgende Montag erinnerte Pia stark an ihren ersten Schultag. Nicht dass Cherry und Mascha mit Schultüten vor dem Tor gestanden und auf sie gewartet hätten – das hatte Pia auch gar nicht erwartet. Das Wiedersehen mit Mascha und Cherry würde nach dem Krach auf keinen Fall einfach werden. Und die Nervosität davor war es wohl, die Pias Knie so weich sein ließ.

Andererseits war sie stolz wie Oskar. Der Besuch von Nadja und Torsten war eine echte Überraschung gewesen. Sie kamen geradewegs vom Flughafen. Nadja hatte auf den Kanarischen Inseln Aufnahmen gemacht und anschließend einen großen Teil der Klamotten behalten dürfen. Da sie allerdings fand, dass sie nicht richtig zu ihr passten, verschenkte sie sie gleich weiter an Pia. Die edelsten, tollsten Teile! Pia wäre ihrer neuen Tante dafür am liebsten um den Hals gefallen!

Wenn sie den Platz in der Mitte freigelassen haben, setze ich mich wieder zwischen Mascha und Cherry, nahm Pia sich vor, als sie den Schulhof betrat.

In der großen Glastür des Hauptgebäudes warf sie einen letzten Kontrollblick auf sich und ihr Styling, dann ging sie zu ihrem Klassenzimmer.

Cherry und Mascha saßen nebeneinander. Mascha wühlte in gebückter Haltung in ihrer Tasche herum und bemerkte Pia offenbar nicht. Cherry aber sah, sobald Pia das Klassenzimmer betreten hatte, konzentriert in ihr Heft.

Wut stieg plötzlich in Pia auf. Sie hatte ja vorgehabt, alles wieder gutzumachen. Aber wenn die beiden so stur waren – bitte! Und ohne weiter zu zögern ging sie zu dem Platz neben Tessa und setzte sich.

„Hey“, sagte Tessa, sobald Pia ihre Jacke ausgezogen hatte. Sie betrachtete Pia von oben bis unten. „Das ist doch …“ Sie nannte die Modemarke, für die Nadja gerade die Aufnahmen gemacht hatte. Die Marke der Kleidung, die Pia jetzt trug. „Super“, flüsterte Tessa. „Und weißt du, was noch super ist?“, fuhr sie fort. „Frank hat am Wochenende zu mir gesagt, du sollst vorbeikommen. Am besten gleich heute Nachmittag. Wenn du willst, bring ich dich hin.“

„Was? Ist das wirklich wahr?“, jubelte Pia. „Ich soll kommen? Zum Shooting etwa?“

„Psst“, machte Tessa und legte ihren Finger auf die Lippen. „Du musst es ja nicht gleich an die große Glocke hängen. Aber eins kann ich dir raten: Halt dir die nächsten Wochen so gut es geht frei.“

Die Stunden schienen heute besonders zäh zu vergehen. Alle Augenblicke rutschte Pia auf ihrem Stuhl herum. Sie konnte jetzt nicht sitzen. Sie hätte aufspringen und tanzen wollen!

Sobald es zur ersten großen Pause gegongt

hatte, stand Mascha auf. Sie kam auf Pia und Tessa zu. Im gleichen Moment schien Tessas Gesicht zu vereisen.

„Hört zu“, begann sie. „Ich finde, wir sollten noch mal miteinander reden. Was da am Freitag gelaufen ist … ich finde das nicht gut. Sollen wir uns nicht heute Nachmittag treffen?“

Pia sah zu Tessa. Die schien überhaupt nicht daran zu denken, Mascha eine Antwort zu geben. Anscheinend war Mascha für sie nicht mehr als Luft!

„Heute Nachmittag ist es schlecht“, antwortete Pia vorsichtig. „Und die ganze Woche wahrscheinlich auch“, fuhr sie fort, als Tessa sie mit leicht zusammengekniffenen Augen warnend ansah.

Mascha fuhr sichtbar zurück. „Was … wie … meinst du nicht, wir sollten …“

„Du musst das verstehen, Mascha“, flüsterte Pia, als Tessa jetzt aufstand und demonstrativ aus dem Fenster sah. „Es ist meine ganz große Chance. Frank hat gesagt, er will Fotos …“

„Oh, nein!“, fiel Mascha ihr ins Wort. Sie sah so aus, als wollte sie in eine große Schimpftirade ausbrechen. Aber plötzlich hielt sie inne. „Weißt du was, Pia, du musst einfach wissen, was dir wichtiger ist. Deine Freundinnen oder ...“, sie machte eine kurze Pause, „oder Glamour, Styling und Mode.“ Damit wandte sie sich um und verließ zusammen mit Cherry das Klassenzimmer.

Die nächsten Tage vergingen, als hätte es eine jahrelange Freundschaft zwischen Pia, Mascha und Cherry nie gegeben. Zusammen mit Tessa versuchte Pia, den anderen beiden so gut wie möglich aus dem Weg zu gehen. Und umgekehrt schien es genauso zu sein.

Die kleine Mauer auf dem Schulhof war ganz klar der Ort, wo weiterhin Cherry und Mascha saßen. Pia und Tessa mussten sich notgedrungen eine andere Ecke suchen, wo sie die Pause verbrachten. Andererseits verging die Zeit ohnehin so schnell, wenn man nur mal schnell im Schulklo vorbeischaute, einen Blick auf das Make-up warf und gegebenenfalls den Lippenstift nachzog, dass sich die Frage sozusagen von selbst löste.

„Also“, sagte Tessa eines Morgens. Pias Besuch bei Frank lag nun schon über eine Woche zurück. Dass er sie in den folgenden Tagen hätte sehen wollen, davon war schon an jenem Nachmittag keine Rede mehr gewesen. „Ich habe noch mal mit Frank gesprochen. Er sagt, er wäre bereit, Fotos von dir zu machen. Allerdings nur gegen einen Kostenvorschuss von 800 Euro."

„Was?", entfuhr es Pia. „800 Euro?" Sie erinnerte sich gut daran, dass Nadja neulich davon erzählt hatte, wie viele Fotografen eine sogenannte Kostenbeteiligung von den Neulingen forderten. Und dass man, sobald man bezahlt hatte, zusammen mit hundert anderen als Karteikarte irgendwo verstaubte. „Nadja hat gesagt, so etwas darf man auf keinen Fall tun!"

„Nadja, Nadja, Nadja", sagte Tessa und wischte im Neonlicht des Schulklospiegels an ihrem Kajal-Strich herum. „Nadja ist im Besitz der absoluten Weisheit, oder wie?"

Die Schärfe war unüberhörbar. Pia fiel keine Entgegnung ein.

„Hör zu, ich hab genauso angefangen", fuhr Tessa aber auch schon fort. „Oder wenigstens so ähnlich. Meine Mutter kennt Frank ja schon lange, und sie haben sich untereinander noch ein bisschen anders geeinigt. Aber glaub mir, bei Frank ist es okay. Er hat eben erst einmal nur Kosten, bis er dich irgendwo untergebracht hat."

„Das mag ja sein", antwortete Pia. „Aber 800 Euro – wo soll ich die denn hernehmen?"

„Frag deine Eltern", meinte Tessa.

„Meine Eltern?" Pia prustete leise. „Die werden mir etwas husten. Du weißt doch, dass meine Mutter meint, ich soll erst mit der Schule fertig werden. Und nachdem Nadja auch dieser Meinung ist …"

„Tja", meinte Tessa. Sie packte in Seelenruhe ihre Schminksachen zusammen. Es hatte bereits einmal zum Ende der Pause gegongt. Sie seufzte. „Dann musst du die Sache wohl abblasen. Schade. Du hattest echt Talent", sagte sie, während sie die schwere Tür aufschob. „Ach ja, und was ich noch sagen wollte: Ich glaube, du brauchst mal eine neue Lippenstiftfarbe."

Pia konnte sich kaum erinnern, wann sie innerhalb der letzten zwei Jahre einmal allein in der Stadt gewesen war. Wahrscheinlich war das nur dann vorgekommen, wenn sie sich mit ihrer Mutter irgendwo verabredet hatte. Sonst waren immer ihre beiden Freundinnen Cherry und Mascha dabei gewesen, mindestens aber eine von ihnen.

An diesem Tag fuhr Pia allein in die Stadt. Ursprünglich hatte sie vorgehabt, Tessa zu fragen, ob sie mitkam. Sie wollte sich einen neuen Lippenstift zulegen. Und Tessa kannte sich in den Trendfarben immer bestens aus. Andererseits würde Tessa wahrscheinlich auf direktem Weg in die nächstbeste Parfümerie laufen und dort einen sündhaft teuren Lippenstift kaufen wollen. Das konnte sich Pia nicht leisten, und jetzt schon gar nicht mehr, wo ihr die 800 Euro, die Frank haben wollte, um weiterzumachen, immer wieder im Kopf herumgingen. 800 Euro waren eine Menge Geld für eine Schülerin. Da waren höchstens noch Lippenstifte aus dem Drogeriemarkt drin.

Pia steuerte das Kaufhaus an. Hier ging die Parfümerie-Abteilung im Erdgeschoss nahezu unmerklich in die Drogerie-Abteilung über. Die teuren Schminksachen standen also nur wenige Meter von den günstigeren entfernt. Pia ging zunächst in die Parfümerie-Ecke und ließ sich über die Trends und einen zu ihrer Haut passenden Farbton beraten. Dann wechselte sie in die Drogerie-Ecke.

Das Angebot hier war breiter als erwartet. Pia malte mit ein paar Stiften, die für sie in Frage zu kommen schienen, Probe-Striche auf ihren Handrücken.

„Kann ich helfen?“ Eine Verkäuferin, die ein Bündel Lippenstifte in der Hand hielt, stellte sich neben sie und begann das Display aufzufüllen.

Pia wurde rot. „Eigentlich weiß ich schon, welche Farbe ich suche“, sagte sie. „Es ist nur eine Frage des Preises.“

„Darf ich mal sehen, welche Stifte es sind?“, fragte die Verkäuferin.

Pia zeigte ihr die Stifte auf der offenen Hand.

„Ehrlich gesagt“, begann die Verkäuferin. „Diesen, diesen und diesen ... die würde ich persönlich auf keinen Fall nehmen. Sie schmecken seifig und die Inhaltsstoffe sind sehr zweifelhaft.“ Sie schob drei Lippenstifte auf Pias Handfläche beiseite. „Der hier“, sie deutete auf den vierten Stift in Pias Hand. „Der hat eine vernünftige Qualität. Eigentlich ist das der Einzige, der wirklich in Frage kommt.“

„Aber der ist ja fast so teuer wie in einer Parfümerie“, stieß Pia aus. Im gleichen Moment schämte sie sich. Ihre finanzielle Situation ging niemand etwas an.

„Ja, das stimmt“, pflichtete die Verkäuferin bei. „Die Preise sind leider so. Du kannst es dir ja noch mal überlegen“, sagte sie dann, als sie Pias roten Kopf sah. „Lass dir ruhig Zeit.“ Damit ging sie zurück zur Kasse.

Pia betrachtete die Stifte in ihrer Hand. Unschlüssig zog sie noch ein paar Farbtöne aus dem eben aufgefüllten Display.

Plötzlich wurde sie in den Rücken gestoßen. Sie stolperte einige Schritte nach vorn und ließ vor Schreck die Lippenstifte fallen.

„Mensch, passt doch auf!“, rief sie, als sie sah, dass zwei Jungen, die im Laufschritt auf den Ausgang zusteuerten, sie angerempelt hatten. „Idioten!“, zischte sie ihnen hinterher.

Dann ging sie in die Knie, um die Lippenstifte aufzuheben.

Sechs oder sieben mussten es sein. Pia wusste es auch nicht mehr so genau. Fünf hatte sie schon zusammen. Fünf von den Seifigen. Jetzt noch der Teure ...

Einen Augenblick lang zögerte Pia. Sie schloss die Augen. Niemand konnte sie sehen, hier auf dem Boden. Wenn sie jetzt ...

Sie nahm den teuren Lippenstift und schob ihn blitzschnell in ihre Tasche, die sie neben sich auf den Boden gelegt hatte.

Dann stand sie wieder auf und steckte vier von den seifigen Lippenstiften zurück ins Display. Mit dem fünften ging sie zur Kasse.

„Jetzt ist es doch einer von diesen geworden?“, fragte die Verkäuferin.

„Ja“, sagte Pia und wurde puterrot. „Mehr ist leider nicht drin.“

Die Verkäuferin lächelte verständnisvoll. „Das ging mir in deinem Alter genauso“, sagte sie.

Sobald Pia das Wechselgeld in der Hand hatte, drehte sie sich auf dem Absatz um und ging zum Ausgang. Noch nie hatte sie ein Kaufhaus so schnell verlassen wollen wie jetzt.

Luft, Luft, sie brauchte Luft! Der Hals war ihr wie zugeschnürt.

Sie lief auf die gegenüberliegende Straßenseite, unter die hohen Kastanien an der Bushaltestelle. Im Gewimmel der Menschen, die hier hin und her liefen, fühlte sie sich sicher.

Pia lehnte sich an einen Stamm, schloss die Augen und atmete erst einmal tief durch. Plötzlich hatte sie das Gefühl, beobachtet zu werden. Sie schlug die Augen auf.

Mascha und Cherry standen ein paar Schritte von ihr entfernt und sahen sie an. Jetzt kamen sie auf sie zu.

Pias Puls schlug immer noch auf Hochtouren.

Lass dir nichts anmerken!, schoss es ihr durch den Kopf.

„Hallo“, sagte sie, als Cherry und Mascha vor ihr standen. „Seid ihr auch in der Stadt?“

Mascha und Cherry nickten. „Wie man sieht“, fügte Mascha an.

„Ich … ich brauchte ein paar Sachen“, fuhr Pia fort. Ihre Stimme war zittrig.

„Lippenstifte zum Beispiel“, sagte Mascha. Sie guckte so ernst wie selten.

Pia hustete. Sie hatte einen Kloß im Hals.

„Wir haben dich gesehen“, sagte Cherry nach einem kurzen Moment. „Wir kamen gerade die Rolltreppe hinunter, als du …“

„Als du dich gebückt hast“, endete Mascha schnell.

Pia hatte Mühe, vor Schreck nicht die Hand an

den Mund zu heben. Hatten Mascha und Cherry sie beobachtet?

Cool bleiben, beschwor sich Pia. Cool bleiben.

„Wo ist er?“, fragte Mascha jetzt. „Zeig ihn! Wir wissen Bescheid.“

Vor Pias geistigem Auge lief ein Film ab. Tessa vor Frau Sondermann. Sichere Bewegungen, charmanter Blick, entwaffnendes Lächeln ...

Sie überspielte ihre Unsicherheit, strich sich die Haare nach hinten. „Ach, ich wusste es, irgendwie interessiert ihr euch ja doch für Kosmetik“, meinte sie und lächelte ihre beiden Gegenüber freundlich an. Sie holte das Tütchen heraus, in das die Verkäuferin den bezahlten Lippenstift gepackt hatte. „Also, ich kann ihn euch gern mal leihen. Zum Ausprobieren ...“

Mascha schüttelte den Kopf. „Diesen Lippenstift meinen wir nicht. Den anderen“, sagte sie unerbittlich.

Ein Bus bog in die Haltestelle ein. Er zog ein Stück an den Mädchen vorbei, blieb einige Meter weiter vorn an der Haltestelle stehen.

„Oh“, rief Pia. „Das ist ja meiner! Sorry“, japste sie und lief schon los. „Aber ich habe es heute echt eilig.“

Pias neue Kleider

Es war wie der erste Sprung vom Dreimeterbrett. Nachdem man es einmal geschafft hat, den Sprung in die Tiefe zu wagen, kostet es von Mal zu Mal weniger Überwindung.

Noch vor ein paar Tagen hätte Pia von sich behauptet, dass sie zu so etwas niemals in der Lage sei: etwas aus einem Laden mitzunehmen, ohne dafür zu bezahlen. Den Begriff „Stehlen“ vermied sie vor sich selbst. Er gehörte nicht zu den Wörtern, die Pia mit ihrem Namen in Verbindung sehen wollte.

Klar, es war jedes Mal aufs Neue ein Nervenkitzel. Und immer wenn sie aus dem Laden wieder draußen war, hatte sie fast ein Würgen im Hals. Aber das verging. Und was blieb, war etwas Neues. Kosmetik, Parfüm oder etwas zum Anziehen.

Auf diese Weise peppte Pia ihre Garderobe ordentlich auf.

„Nanu?“, sagte ihre Mutter eines Morgens, als

Pia wieder einmal etwas Neues trug. „Diese Hose kenne ich ja noch gar nicht."

Auf diesen Moment hatte Pia sich längst eingestellt. „Doch, natürlich kennst du die", antwortete sie. „Die war bei den Sachen von Nadja mit dabei. Bei den Kleidern, die sie von den Kanarischen Inseln mitgebracht hat."

„Ach ja?", antwortete Frau Gehrke und zog die Augenbrauen in die Höhe. „Komisch, an dieses Teil kann ich mich gar nicht erinnern. Na ja", setzte sie hinzu. „Bei den vielen Dingen, die man jeden Tag zu sehen bekommt." Damit wendete sie sich wieder einer Werbebeilage zu, die in der Zeitung gelegen hatte.

Auch Tessa bemerkte die Veränderungen in Pias Garderobe. „Hast du seit neuestem einen Goldesel, oder was?", fragte sie, als sie Pias Sachen mit fachmännischem Blick betrachtete. „Ich denke, du sparst. Auf die 800 Euro für Frank."

Pia strich sich mit der Hand ein paar Krümel weg, die von ihrem Frühstücksbrötchen heruntergefallen waren. „Stammt alles von meiner Tante", sagte sie. Dann biss sie ins Brötchen um das Thema nicht weiter zu vertiefen.

Insgesamt war Pia bester Laune. Seitdem sie sich die Kosten für ihr Outfit größtenteils sparte, ging es ihrem Taschengeldkonto deutlich besser. Von den 800 Euro war sie natürlich noch weit entfernt – aber vielleicht sah die Lage im Frühjahr ja schon anders aus? Wenn es ihr gelang, ihr Taschengeld zu sparen und das Geld, das sie an Weihnachten von den verschiedenen Großeltern und übrigen Verwandten geschenkt bekam, ebenfalls auf die hohe Kante zu legen.

Das Einzige, was ihre Laune trübte, waren die misstrauischen Blicke von Cherry und Mascha. Seit jenem Tag in der Stadt, an dem Pia sich ihren ersten schönen Lippenstift „geleistet" hatte, hatten sie nicht mehr miteinander geredet. Oder zumindest nichts Wesentliches.

In einem stillen Moment an einem Sonntagnachmittag, an dem das Telefon mal wieder schwieg, dachte Pia darüber nach, ob ihr ihre Freundinnen Mascha und Cherry fehlten. Sie entschied sich dagegen. Sie hatte ein neues Leben begonnen. So war es einfach. Punkt.

Es mochte Mitte der Woche sein, als ein Mann und eine Frau Aufmerksamkeit auf dem Schulhof erweckten. Offenbar hatten sie eine offizielle Erlaubnis, sich auf dem Schulgelände aufzuhalten. Jedenfalls sah ihnen die Aufsicht führende Lehrerin nur aus der Ferne zu.

Pia beobachtete, wie sie auf einzelne Schülergrüppchen zugingen und sie ansprachen. Cherry und Mascha, die auf ihrem angestammten Platz auf der kleinen Mauer saßen, waren auch darunter. Aber Cherry schüttelte auf die offenbar gestellte Frage nur den Kopf, fast entrüstet, worauf sich der Mann und die Frau an die nächsten Schülerinnen und Schüler ab einem gewissen Alter wandten.

Schließlich kamen sie auch zu Pia und Tessa.

„Wir kommen von der Produktionsgesellschaft FilmAct", erklärten sie. „Wir sind auf der Suche nach neuen Gesichtern für unsere Gerichtsshow."

Pia traute ihren Ohren kaum. Wenn jetzt das kam, wovon sie bisher nur gehört hatte und von dem sie angenommen hatte, dass es höchstens im Märchen passiert ... in modernen Märchen, versteht sich ...

„Hättet ihr Lust, mal zum Casting zu kommen?", fuhr die Frau nun tatsächlich fort.

„Zum Casting?“, entfuhr es Pia mit einem Quietschen.

Tessa brachte sie mit einem strengen Blick zum Schweigen.

„Könnte sein“, antwortete sie. Sie schien völlig cool zu sein. Was Pia unfasslich fand. Vom Schulhof weg zum Casting eingeladen zu werden! „Für welche Sender produzieren Sie denn?“

Der Mann nannte ein paar Sender.

„Nicht gerade bekannt für gehobene Unterhaltung“, stellte Tessa fest. „Aber immerhin. Wir können es ja mal versuchen. Vielleicht wollen Sie uns ja auch gar nicht ...“ Sie lächelte und legte den Kopf in den Nacken.

Die Masche funktionierte wieder mal. Im selben Moment lächelte die Frau zurück. „Das kann ich mir eigentlich nicht vorstellen“, antwortete sie vielsagend. „Ich denke schon, dass ihr eher gute Chancen habt. Ihr seht ja beide ganz attraktiv aus ...“ Sie reichte Pia und Tessa jeweils ein Blatt. „Hier stehen die Plots der nächsten fünf Folgen drauf, die wir abdrehen wollen. Es gibt zwar ein Drehbuch, aber wir arbeiten viel mit spontanen Dialogen. Ihr müsst also ein bisschen improvisieren.“

„Aber wir wissen doch noch gar nicht, ob wir in Frage kommen“, entgegnete Pia, während es zum Ende der Pause gongte. „Oder für welche Rolle.“

„Es kommt eben darauf an. Wenn ihr beim Casting für eine der Rollen eine gewisse Fantasie und Kreativität aufbringt, habt ihr gute Chancen, dabei zu sein. Abgesehen von den Rollen der Justizangehörigen, ist noch nichts festgelegt“, erklärte der Mann jetzt. „Wenn ihr Pech habt, sitzt ihr im Publikum. Wenn ihr Glück habt, bekommt ihr eine richtige Rolle.“

Jetzt war selbst Tessa beeindruckt. „Klingt ja spannend“, sagte sie.

Es gongte zum zweiten Mal. Der Mann und die Frau von der Produktionsgesellschaft verabschiedeten sich und Pia und Tessa gingen in ihr Klassenzimmer.

Wie sich herausstellte, hatten etwa zwei Drittel ihrer Mitschüler einen Zettel von der Produktionsgesellschaft bekommen. Entsprechend war das Casting das allgemeine Gesprächsthema.

„Das sind ja doofe Geschichten“, stellte Luisa fest. „Nachbarschaftsstreit um eine Garagenwand, Auseinandersetzung um eine Mietforderung, Betrug an einer alten Dame – wer von uns soll die denn spielen?“, warf sie ein. „Mutwillige Sachbeschädigung und fortgesetzter Ladendiebstahl“, fuhr sie dann fort. „Lauter öde Themen.“

„Was hast du denn gedacht, wofür du vom Schulhof weg engagiert wirst?“, warf Lukas ein. „Für den Tatort etwa?“

„Nee“, antwortete Luisa. „Aber doch nicht für so einen Scheiß.“

„Aber das sind nun mal die Themen, die bei Gericht hauptsächlich verhandelt werden“, meinte Julia. „Meine Mutter ist Rechtsanwältin. Die schlägt sich ständig mit solchen Sachen herum.“

„Kein Wunder, wenn man dann hört, dass die Justiz total überlastet ist“, sagte Markus. „Da wird gleich aus jeder Mücke ein Elefant gemacht.“

„Moment mal“, fiel Julia ein. „Ganz so ist es ja nun nicht. Worum es hier geht“, sie tippte mit dem Finger auf das Blatt, „das sind keine Kavaliersdelikte. Das sind – abgesehen von der Sache mit der Garagenwand und der Mietsache – Straftaten. Ich finde nicht, dass man Betrug, absichtliche Sachbeschädigung und Kaufhausdiebstahl als kleine Fische unter den Teppich kehren soll. Schließlich leidet doch die ganze Gesellschaft an denen, die sich nicht an die Spielregeln halten."

„Wir hörten die zukünftige Staatsanwältin Julia Ippendorff", sagte Markus ironisch. „Ladendiebstahl. Das macht doch jeder. Willst du etwa behaupten, du hast noch nie etwas mitgehen lassen?"

„Natürlich nicht!", fuhr Julia auf. „Was denkst du von mir?"

„Nur das Beste", antwortete Markus grinsend.

Bisher schienen Mascha und Cherry sich nicht für die Diskussion zu interessieren. Nun aber sahen sie auf.

Auch Pia hatte sich von den Überlegungen ihrer Mitschüler nicht allzu angesprochen gefühlt. Sie hatte zwar das Blatt gelesen und die Plots überflogen, hauptsächlich aber hatte sie darüber nachgedacht, was sie zum Casting anziehen wollte. Bei dem Wort „Kaufhausdiebstahl", das nun gefallen war, zuckte sie zusammen.

„Ich würde so etwas auch nie tun", fuhr Luisa jetzt wieder fort. „Meine Tante hat eine Boutique, und wenn die erzählt, was ihr alles gestohlen wird – das bringt sie manchmal schon an den Rand der Existenz."

„Es ist aber auch kein Wunder", meinte Lukas jetzt. „Wenn man sieht, was die Klamotten kosten. Und wer am Ende ruiniert ist, ist ja eigentlich auch egal. Deine Tante oder zum Beispiel … zum Beispiel Pia. Die hat im Moment doch ständig etwas Neues an. Sag mal, Pia, wie machst du das eigentlich immer, mit deinen teuren Klamotten? Gehörst du auch schon zu den Jugendlichen in der Schuldenfalle?"

Ohne dass sie mitbekommen hatte, wie es eigentlich gekommen war, befand sich Pia ganz unvermittelt im Zentrum der allgemeinen Aufmerksamkeit. „Ich … ich habe eine Tante, die mir viele Sachen schenkt", stammelte sie. „Ich muss mir eigentlich gar nichts kaufen." Peng! Sie wurde rot. Das musste ja so kommen!

Sie war sich nicht ganz sicher, wer dieses Gespräch inzwischen verfolgte. Wahrscheinlich so gut wie die ganze Klasse. Bestimmt auch Cherry und Mascha. Wo Herr Daniels nur blieb? Der Englischunterricht hätte doch längst anfangen sollen …

„Außerdem ist es noch mal etwas ganz anderes, ob man in einem kleinen Laden oder in einem Kaufhaus oder so klaut", kam Markus wieder auf das „Kavaliersdelikt" zurück. „Bei einem kleinen Laden trifft es den einzelnen Händler. Und bei einem Kaufhaus nur den Konzern oder die Kette."

Pia spürte plötzlich, dass Blicke sie förmlich durchbohrten. Sie brauchte sich nicht umzusehen, um zu wissen, dass Cherry und Mascha sie anstarrten. Dass sie an die Lippenstift-Szene dachten, vor ein paar Wochen in der Stadt. Sie durfte jetzt keine Schwäche zeigen, sich von den beiden Gutmenschinnen vor der Seitentafel nicht einschüchtern lassen.

Ich lebe mein Leben, dachte Pia trotzig. Und ihr eures!

„Genau", stimmte sie Markus zu. „Es ist sogar so, dass die Kaufhäuser bei der Berechnung ihrer Preise einen gewissen Verlust durch Diebstahl einberechnen. Sie wissen, dass ein Teil der Ware aus dem Laden verschwindet, ohne bezahlt zu werden."

„Und darum findest du es richtig? Zu stehlen, meine ich?", mischte Julia sich nun wieder in das Gespräch ein.

Pia zuckte die Schultern. „Ich stehle selbst natürlich auch nicht, aber ich habe gehört …"

Weiter kam sie nicht. Herrn Daniels kerniges „Guten Morgen!" erfüllte das Klassenzimmer. Er schloss die Tür. „Bitte entschuldigt meine Verspätung, Leute. Verwaltungs-Aufgaben …"

Damit nahm der Englischunterricht seinen Lauf. Pia tupfte sich verstohlen ein paar Schweißtropfen von der Stirn.

Eigentlich war Pia der Überzeugung, sich längst daran gewöhnt zu haben, dass sie seit jenem Tag im Kaufhaus von Cherry und Mascha geschnitten wurde. Es war, als hätten ihre beiden früheren Freundinnen eine Art Mauer um sich herum aufgebaut. Hinter dieser verschanzten sie sich und warfen nur von Zeit zu Zeit vereinzelte Blicke über die Brüstung. Wie an diesem Vormittag, während der Diskussion.

In der folgenden Pause hatte Pia aber das Gefühl, dass die Mauer nun noch ein Stück höher geworden war. Sie spürte sehr deutlich, wie sich nun an ungefähr jeden Blick auf sie eine Unterhaltung anschloss. Dabei gaben sich Cherry und Mascha noch nicht mal Mühe, dies zu verheimlichen. Sie steckten in geradezu herausfordernder Art die Köpfe zusammen. So kam es Pia jedenfalls vor.

Sie war daher froh, als nicht nur die fünfte Stunde vergangen war, sondern auch die sechste bereits angefangen hatte. Erdkunde, bei Herrn Degenhardt. Nur noch vierzig Minuten, dann war sie für den heutigen Tag erlöst. Bis morgen würden sich die beiden schon wieder beruhigt haben.

In diesem Moment meldete sich Cherry. „Herr Degenhardt, mir ist so furchtbar schlecht“, sagte sie. „Kann ich mal einen Moment nach draußen gehen?“

Sofort hatte Herr Degenhardt eine besorgte Miene. „Oh, Cherry, was ist denn? Kreislauf oder Magen?“

Cherry zuckte die Schultern. „Ich weiß nicht. Beides, irgendwie.“

„Möchtest du mal einen Schluck Wasser trinken? Vielleicht wird es dann besser ...?“, schlug Herr Degenhardt vor.

Cherry schüttelte den Kopf. „Nein, ich würde lieber rausgehen. Nur mal ganz kurz. Ein bisschen frische Luft schnappen.“

„Hm“, machte Herr Degenhardt. „Wenn du meinst. Aber nicht, dass du uns draußen umfällst! Nimm lieber jemand mit …“

Sofort schoss Maschas Finger in die Höhe. „Ich gehe mit“, erklärte sie.

„Danke, Mascha, das ist nett von dir“, antwortete Herr Degenhardt. Dann setzte er seinen Unterricht fort, während Cherry, gefolgt von Mascha, zur Tür wankte.

„Was ist der denn auf den Magen geschlagen?“, erkundigte sich Tessa leise bei Pia. „Dass sie nicht zum Casting eingeladen worden ist?“

Im ersten Moment hätte Pia fast geantwortet: Sie ist zum Casting eingeladen worden, aber anscheinend hat sie abgelehnt. Sie schluckte es aber herunter. Was ging es sie überhaupt an? „Keine Ahnung“, sagte sie nur. „Aber dass es Cherry in der Schule schlecht wird, habe ich in den acht Jahren, seit ich sie kenne, noch nie erlebt.“

Immer weiter fuhr Herr Degenhardt im Unterricht fort. Schleppender allerdings als zuvor. Die Minuten krochen dahin. Offenbar war er selbst nicht ganz bei der Sache. Jedenfalls sah er immer wieder auf seine Uhr.

„Komisch“, sagte er irgendwann. „Jetzt sind Mascha und Cherry schon so lange draußen. Es wird doch nichts passiert sein?“ Er sah sich in der Klasse um. „Könnte noch mal jemand nachsehen, ob auch alles in Ordnung ist?“

In diesem Moment wurde die Tür geöffnet. Herr Degenhardt atmete erleichtert aus.

„Mascha“, sagte er dann, als er zur Tür sah. „Wo ist Cherry?“

„Cherry sitzt unten auf dem Hof“, erklärte Mascha. „Ihr ist immer noch schlecht. Sie fragt, ob sie nach Hause gehen darf. Es sind ja sowieso nur noch zwanzig Minuten.“

Obwohl er es erst vor zwei Minuten getan hatte, sah Herr Degenhardt wieder auf seine Uhr. „Ja, stimmt“, stellte er fest. „Aber ... ach was soll’s. Natürlich kann sie schon nach Hause gehen.“

Mascha druckste ein bisschen herum. „Sie hat gefragt, ob ich sie begleiten kann. Und das mache ich ja auch“, sagte sie. „Aber ich hab ein bisschen Angst. Cherry ist ganz weiß und sie sagt, ihr ist richtig schwindelig. Kann nicht noch jemand mitgehen, der in ihrer Nähe wohnt? Falls irgendwas passiert?“

Herr Degenhardt sah Mascha nachdenklich an. „Das klingt ja fast ein bisschen dramatisch“, stellte er fest. „Aber, na gut. Ich will im Zweifelsfalls nicht schuld sein. Wer wohnt denn bei Cherry in der Nähe?“

„Pia“, antwortete Mascha. „Am besten wäre es, wenn Pia mitkäme.“

Überrascht sah Pia zu Tessa. Tessa erwiderte ihren Blick ohne Rührung.

„Pia, wärst du wohl so nett?“, fragte Herr Degenhardt.

In Pias Kopf arbeitete es fieberhaft. Aber eine echte Wahl hatte sie eigentlich nicht. „Klar“, sagte sie daher nur und nickte.

Mit ihren eigenen Schultaschen und der von Cherry kamen Mascha und Pia ein paar Minuten später auf den Schulhof. Cherry saß auf der kleinen Mauer und blickte auf den Boden. Als sich Mascha und Pia näherten, sah sie auf.

Besonders elend sieht sie eigentlich nicht aus, schoss es Pia durch den Kopf.

„Da sind wir“, sagte Mascha. „Kommst du hoch?“ Sie reichte Cherry eine Hand und zog die Freundin in die Höhe.

„Au, Mann!“, sagte Cherry. Sie schwankte. „Ist

mir schlecht! Hoffentlich kippe ich nicht noch um."

Mascha klopfte ihr kumpelhaft auf die Schulter. „Wird schon gehen", sagte sie.

„Danke, Pia, dass du mitkommst", wandte sich Cherry jetzt an Pia.

„Kein Problem", knurrte Pia. „Ist doch selbstverständlich." Und ihr wurde klar, dass dies bis vor wenigen Wochen tatsächlich so gewesen war.

Cherry hakte sich bei Mascha ein. Pia nahm Cherrys Schultasche, dann verließen sie – Cherry leicht schwankend – das Schulgelände.

Bis zur nächsten Ecke schleppte Cherry sich an Maschas Seite dahin. „So", sagte sie, als sie außer Sichtweite der Schule waren.

Sie ließ Mascha los und stellte sich gerade hin. Mit einem Schlag war Cherry wieder ganz die Alte. Keine Spur von Übelkeit.

„Sorry", sagte sie. „Aber es war der einzige Weg, mit dir mal wieder unter sechs Augen zu sprechen. Und nicht unter acht."

Einen Augenblick lang glaubte Pia, dass ihr die Luft wegbliebe. Es war fast ein Gefühl wie nach ihren „Einkäufen" – wenn sich ihr die Kehle zuschnürte und sie das Kaufhaus nicht schnell genug verlassen konnte, um an die frische Luft zu kommen.

„Wie bitte?“, brach es aber dann aus ihr heraus.

„Ja“, bestätigte Mascha. „Seit Wochen bist du ständig mit Tessa zusammen. Und wir müssen mit dir reden. Allein.“

Pia war völlig klar, woher der Wind wehte. Und sie war stinksauer. Warum war sie nicht vorher darauf gekommen? Dass dies alles hier nur ein großes Theater war? Wie hatte sie glauben können, dass es Cherry ausgerechnet heute, nach dieser dämlichen Diskussion und den vielen Blicken, schlecht werden würde …

„Pia, wir wissen, wie du an deine Sachen herankommst“, platzte Cherry jetzt ohne weitere Umschweife heraus. „An deine Klamotten, deine Kosmetik und was auch immer du ständig neu hast.“

„Moment mal, Moment mal“, schnitt Pia Cherry das Wort ab. Wenn die beiden sich gedacht hatten, dass sie jetzt zu Kreuze kriechen würde, hatten sie sich geschnitten! „Ich weiß ja nicht, worauf du hinauswillst. Aber falls du irgendeinen dummen Verdacht haben solltest – ihr wisst, Nadja ist Model. Und sie bringt mir die Sachen mit, die sie im Job getragen hat."

„Ach ja?", fragte Cherry. „So viele Sachen? Und auch die Schminke und all das?"

Pia legte den Kopf schief. „Bekommt ihr kein Taschengeld mehr, oder was? Soll ich auch mal sagen, Cherry, wie komisch ich es finde, dass du so viele Sportklamotten oder Duschgels oder weiß ich was hast?"

„Ich habe nicht mehr von dem Zeug als vor ein paar Wochen", antwortete Cherry.

„Und bei mir ist es, abgesehen von den Sachen, die ich von Nadja habe, genauso", antwortete Pia.

„Bist du dir da ganz sicher?", fragte Mascha.

„Ja", antwortete Pia und verschränkte die Arme vor der Brust. „Ich bin mir ganz sicher."

„Und was war neulich im Kaufhaus?", hakte Cherry nach. „Die Sache mit dem Lippenstift. Du weißt, dass wir dich gesehen haben ..."

Pia schüttelte den Kopf. „Ihr täuscht euch. Ich habe nichts mitgehen lassen. Mir sind die Lippenstifte heruntergefallen, das stimmt, aber ich habe sie alle wieder aufgehoben."

„Bist du dir da ganz sicher?“, fragte Mascha auch jetzt wieder nach.

Pia nickte. „Ganz sicher.“

Mascha und Cherry schwiegen einen Augenblick.

„Pia“, sagte Mascha dann. Sie war völlig ruhig. Im Gegensatz zu Pia, deren Herz von Augenblick zu Augenblick schneller schlug. „Pia, du lügst. Und du weißt selbst am besten, dass es so ist.“

Pia spürte, wie ihr Gesicht rot wurde. „Wie kannst du so etwas sagen! Das ist eine Unverschämtheit! Ich habe es überhaupt nicht nötig, zu lügen!“

„Pia“, sagte auch Cherry jetzt ganz ruhig. „Das alles hättest du früher nie gemacht, bevor du Tessa kanntest: etwas mitnehmen, ohne zu bezahlen, und dann noch behaupten, dass es vollkommen in Ordnung sei, wie vorhin, in der Diskussion ...“

„Aber es ist doch nun mal so“, fiel Pia ihr ins Wort. „In den Kaufhäusern jedenfalls. Da ist in den Ladenpreisen ...“

„Ach, hör doch auf!“, schrie Cherry dazwischen. „Ich kann diesen Blödsinn nicht mehr hören!“

„Weißt du was?“, schrie auch Pia jetzt. „Dir geht es doch gar nicht darum, ob ich etwas mitgenommen habe oder nicht. Es geht dir um etwas ganz anderes: darum, dass ich mich mit Tessa besser verstehe als mit euch. Du bist eifersüchtig, Cherry, das ist die ganze Wahrheit! Und nur, um mich mit Tessa auseinander zu bringen, behauptest du, ich hätte gestohlen!“

Cherry hatte mit einem Mal Tränen in den Augen. Sie schien um Luft zu ringen. Und um Worte. „Pia!“, stammelte sie. „Pia, wie kannst du so etwas sagen! Ich habe gedacht, wir sind Freundinnen ...“

„Wir *waren* Freundinnen“, antwortete Pia kalt. „Die Zeiten haben sich geändert.“

„Ja“, sagte Mascha nun. Sie sprach leise und langsam. Und sie klang kühl. So kühl, wie sie in Pias Ohren noch nie geklungen hatte. „Es stimmt. Die Zeiten haben sich geändert. Denn früher hättest du uns, deine Freundinnen, niemals belogen.“

Pias Augen wurden klein und schmal. „Verschwindet“, zischte sie. „Verschwindet aus meinem Leben.“

Damit drehte sie sich herum und ging davon.

Freundinnen

Das war's, dachte Pia, als sie nach Hause kam. Endlich und endgültig! Weder Cherry noch Mascha würden in Zukunft in ihrem Leben mehr eine Rolle spielen. Endlich wusste sie, woran sie mit den beiden war.

„Hallo, Schatz", begrüßte Frau Gehrke ihre Tochter. „Na, wie war's in der Schule?", fragte sie. Dann erst bemerkte sie Pias sauren Gesichtsausdruck. „Wohl nicht besonders, was?", setzte sie hinterher.

„Blöd. Wie immer", antwortete Pia. Und ihre Mutter verkniff sich jede weitere Frage, warum Pia heute offenbar vor dem Ende der sechsten Stunde nach Hause kam.

In ihrem Zimmer warf Pia ihre Schultasche auf den Boden und versetzte ihr zusätzlich noch einen Tritt. Dann ging sie zum Regal und verpasste dem Foto, das Cherry, Mascha und sie am ersten Schultag vor der Grundschule zeigte, einen Stoß, sodass es nach hintenüber fiel. Jetzt grinsten drei Mäusemädchen mit ihren Zahnlücken an die Unterseite des nächsten Regalbodens.

Das reichte noch nicht! Pia nahm den Rahmen in die Hand und begann die kleinen Klammern auf der Rückseite aufzubiegen, die das Foto mitsamt dem Hintergrundkarton festhielten. Kurz und klein wollte sie es reißen. Um möglichst nie, nie, nie mehr an Mascha und Cherry erinnert zu werden. Oder zumindest hier zu Hause nicht mehr, wenn sie schon damit rechnen musste, die nächsten Schuljahre noch mit ihnen verbringen zu müssen.

Vielleicht wechsle ich besser die Schule, überlegte Pia grimmig. Wenn ich Glück habe, kommt Tessa ja mit. Allzu viele Kontakte hat sie ja sowieso noch nicht geknüpft.

Sie hörte, dass es nun an der Tür klingelte. Frau Gehrke ging zur Sprechanlage. „Hallo?“, fragte sie. „Nein, nein, du kommst genau richtig“, antwortete sie dann und drückte wohl die Haustür auf.

Pia hatte keine Ahnung, wer es sein mochte. Offenbar aber hatte ihre Mutter diesen Termin verabredet. Das kam selten vor: ein Gast zum

Mittagessen, bei dem normalerweise Pia und ihre Mutter allein waren.

Pia legte das Foto mitsamt dem Rahmen zurück ins Regal und verließ ihr Zimmer. Die Wohnungstür stand schon offen. Der Gast befand sich schon im Fahrstuhl.

„Das ist Nadja", rief Pias Mutter aus der Küche. „Sie hat heute Vormittag angerufen. Sie hatte in der Stadt zu tun. Eigentlich wollte sie sich anschließend mit mir in einem Café treffen. Aber ich dachte, hier bei uns ist es netter. Dann kannst du auch dabei sein."

„Gute Idee", konnte Pia nur noch sagen. In diesem Moment hielt der Fahrstuhl schon auf ihrer Etage. Nadja trat heraus.

„Das ist ja schön, dass ich dich jetzt auch sehe", sagte Nadja, nachdem sie sich in der Diele begrüßt hatten. Sobald sie ihre Jacke ablegte, verströmte sie wieder den zarten Hauch von Parfüm, den Pia immer wieder bei ihr bewundert hatte. Er hatte etwas so Selbstverständliches, schien geradezu Nadjas natürlicher Duft zu sein. Dabei wirkte Nadja heute ansonsten überaus leger. Sie trug Jeans, Turnschuhe und einen breit gerippten Rollkragenpullover, der den mittlerweile wirklich herbstlichen Temperaturen absolut angemessen war. „Schick siehst du aus, Pia", sagte sie mit einem Seitenblick auf Pia.

„Das ist doch die Hose von Nadja, nicht wahr?", wandte Frau Gehrke sich an ihre Tochter. „Eine von denen, die du von den Kanaren für Pia mitgebracht hattest", sagte sie nun wiederum zu Nadja.

Nadja überlegte kurz, dann schüttelte sie den Kopf. „Eine Hose vom Shooting auf den Kanaren?", fragte sie noch einmal nach. „Da haben wir doch gar keine Hosen fotografiert", stellte sie dann fest. „Sondern nur Oberteile. Tops, T-Shirts und Blusen."

Frau Gehrke sah ihre Tochter ratlos an. „Hattest du nicht gesagt, diese Hose stammte von Nadja?"

Pia fühlte, wie sich ihr Hals verengte. Dasselbe Gefühl wie im Kaufhaus, dasselbe Gefühl wie vorhin, als ihre Freundinnen Cherry und Mascha sie aus dem Unterricht gelockt und zur Rede gestellt hatten.

„Ach?", machte sie und ihr Gesicht wurde knallrot. „Ist die … ist die nicht von dir?", stotterte sie. „Komisch. Dann ... dann muss ich das wohl verwechselt haben.“

Sooft Pia während der nächsten vierzehn Tage an diese Szene dachte, lief es ihr kalt den Rücken herunter. Sie hatte Nadjas merkwürdigen Blick sehr wohl bemerkt. Oder besser gesagt: Sie hatte genau gespürt, dass Nadja ihr ihre merkwürdige Ausrede nicht abgenommen hatte. Sondern dass ihr durchaus klar war, dass an der Sache etwas faul war. Nur dem Umstand, dass Nadja die Familie noch nicht allzu gut kannte, hatte Pia es wohl zu verdanken, dass die zukünftige Tante nicht weiter wegen der Sache nachgebohrt hatte. Kaum auszudenken, was dann passiert wäre!

Ich werde es nicht mehr tun! Ich werde nie mehr etwas mitnehmen, ohne zu bezahlen! Ganz fest hatte Pia diesen Grundsatz gefasst, als an diesem Morgen Tessa mit strahlender Miene auf sie zukam. Ihr Haar glänzte wie pures Gold. Offenbar hatte sie sich am Tag zuvor beim Friseur mal wieder etwas gegönnt. Unhörbar seufzte Pia auf. Einmal so sorglos mit Geld umgehen können wie Tessa! Aber davon war sie noch weit entfernt. Umso weiter, als sie immer noch auf die 800 Euro für Frank sparte.

Das Geld übrigens, das Pia – wie wohl auch alle anderen aus ihrer Klasse – sich vom Casting der Gerichtsshow versprochen hatten, hatte sie in den Kamin schreiben können. Keiner von ihnen war für eine Rolle ausgewählt worden. Letzten Endes hatten sie alle nur als Statisten im Publikum gesessen. Und dabei den Aufnahmen zusehen zu dürfen, das war sozusagen ihr Lohn gewesen. Ansonsten stand es ihnen frei, auch gleich wieder zu gehen. Pia und Tessa blieben. Und Pia versuchte, während der Verhandlung des Ladendiebstahls ein möglichst unbeteiligtes Gesicht zu machen.

„Hey", sagte Tessa jetzt. „Ich habe eine gute Nachricht für dich. Frank hat einen neuen Kunden."

„Das ist zunächst mal eine gute Nachricht für Frank", stellte Pia trocken fest. Sie hatte allmählich mitbekommen, dass Tessa – oder auch Frank – einen Hang dazu hatten, die Dinge etwas großartiger darzustellen, als sie eigentlich waren.

Tessa versetzte ihr einen Klaps auf die Schultern. „Guck nicht so böse! Das macht alt und hässlich!“

Pia grinste ein künstliches Grinsen.

„So ist es gut“, sagte Tessa. „Immer schön die Beißerchen zeigen. Also“, fuhr sie dann fort. „Wie ich schon sagte: Frank hat einen neuen Kunden. Er sagt, er hat ein ganz neues Produkt. Und für dieses Produkt ist er auf der Suche. Nach einem neuen Gesicht.“

Tessas Stimme nach zu urteilen, hätte Pia jetzt in Jubeln ausbrechen müssen, so sensationell klang sie.

„Und um was für ein Produkt handelt es sich?“, fragte Pia etwas abschätzig nach. Sie hatte eine ganze Reihe von Illusionen längst verloren. „Fischstäbchen oder Kittelschürzen?“

Tessa sah sie einen Moment fragend an. Dann wurde ihre Miene plötzlich verschlossen. „Also“, sagte sie. „Du musst diese Chance nicht annehmen. Frank kennt genügend andere Mädchen, die sich um Probeaufnahmen reißen würden. Ohne Vorschuss, versteht sich. Der Kunde zahlt. Finanzkräftig, wie er ist.“ Sie bemerkte dies scheinbar völlig nebenbei – registrierte aber offenbar mit Genugtuung, dass Pia im selben Moment aufsah. „Wenn ich dir das jetzt sage, dann tue ich das aus reiner Freundschaft“, fuhr sie fort. „Weil ich dir helfen möchte. Und dir auf diese Weise vielleicht sogar das Sprungbrett für deine Karriere zeige. Dich also möglicherweise selbst zu meiner Konkurrentin mache. Glaubst du, das täte ich, wenn du mir nicht so wichtig wärst?“

Pia glaubte ihren Ohren kaum. Ein Shooting bei Frank? Ohne Vorschuss? Mit der Chance, das ‚neue Gesicht‘ eines neuen, finanzkräftigen Kunden zu werden? „Tessa!“, jubelte sie und fiel Tessa um den Hals. „Das ist ja wunderbar.“

„Richtig“, sagte Tessa. „Genau das ist es. Also. Hast du morgen Nachmittag Zeit?“

„Klar“, antwortete Pia atemlos. „Für Shootings habe ich immer Zeit.“

„Okay“, sagte Tessa. „Und was ziehst du an?“

„Na ja … irgendwas eben. Ich habe doch einen Haufen Klamotten“, antwortete Pia.

„Irgendwas?“, wiederholte Tessa. „*Irgendwas* reicht nicht. Mit Verlaub, meine Liebe. Wenn ich dich wegen dieser Sache bei Frank anschleppe, dann …“, sie machte eine kleine Pause, „dann möchte ich bei deinem Outfit auch ein Wörtchen mitreden. Erstens weiß ich, was die Kunden sehen wollen. Und zweitens ... zweitens habe auch ich einen Ruf zu verlieren", endete sie dann.

Pia achtete nicht auf ihre gestelzten Worte. „Und was *soll* ich nun anziehen?", fragte sie.

„Das werden wir sehen", antwortete Tessa. „Heute Nachmittag, in der Stadt."

Bevor Pia nach dem Essen in die Stadt fuhr, stellte sie sämtliche Portmonees, die sie jemals besessen hatte und nicht mehr benutzte, auf den Kopf. Sie kratzte jeden einzelnen Cent zusammen, der sich noch in ihren Jackentaschen befinden mochte. Wenn es nach Tessa ging, hätte sie natürlich in diesem Moment an das Geld gehen können, das sie für Frank beiseite gelegt hatte. Weil sie sich den Vorschuss auf diese Weise ja sparte. Tessa schien fest davon auszugehen, dass Pia das ‚neue Gesicht' wurde.

Was war aber, wenn diese Rechnung nicht so einfach aufging? Wenn Pia viel Geld für neue Klamotten ausgab – und sich Franks Kunde für ein anderes Model entschied?

Nein. Pia setzte sich ein Limit: Nur das Geld

wollte sie ausgeben, das sie in diesem Monat noch nicht zurückgelegt hatte. Viel war es nicht. Ungefähr 80 Euro. Was sie dafür wohl bekommen würde? Vor allem: Was dafür wohl Gnade vor Tessas kritischem Auge finden würde?

Mit einem mulmigen Gefühl stieg Pia in den Bus, um in die Stadt zu fahren. Tessa erwartete sie dort vor dem größten Kaufhaus. Pia hatte sie beknien können, dort wenigstens mit der Suche zu beginnen. Immerhin gab es im Kaufhaus – neben der Massenware – ja auch kleine Marken-Shops. Wenn sie dort nicht fündig wurden, konnten sie immer noch in die teureren Boutiquen gehen.

Pia seufzte. Es war noch nicht allzu lange her, dass sie von sich aus noch nicht mal die Designer-Shops im Kaufhaus angesteuert hätte. Normalerweise hatte sie, zusammen mit Cherry und Mascha, dort immer nur die Sportabteilung aufgesucht. Wenn Cherry mal wieder Sportklamotten brauchte.

Wenn man vom Teufel spricht!, durchzuckte es Pia mit einem Mal, und gleichzeitig fiel ihr ein, dass sie das schon einmal gesagt hatte – vor einer unendlich langen Zeit, wie es ihr schien.

Als Cherry, Mascha und Tessa zum ersten Mal zusammen zu ihr gekommen waren. Damals hatte sie sich umgehend für diesen Gedanken geschämt. Und jetzt …?

Sie machte sich auf ihrem Platz ein wenig kleiner. Tatsächlich waren an der letzten Haltestelle Cherry und Mascha in den Bus gestiegen. Sie schienen Pia aber, die im hinteren Teil des Fahrzeugs saß, nicht bemerkt zu haben. Sie setzten sich nebeneinander auf die beiden ersten Sitze hinter dem Fahrer und steckten die Köpfe zusammen.

Pia drehte ihr Gesicht dem Fenster zu und sah hinaus.

Wo Cherry und Mascha ausstiegen, bekam Pia nicht mit. Wozu hätte sie es auch interessieren sollen? Dass sie zu dritt bummeln gingen, so wie früher, war ja sowieso nicht der Fall. Wozu also ihnen noch nachsehen?

Wie verabredet trafen Pia und Tessa sich in einem der Designer-Shops des Kaufhauses. Zu Pias Überraschung war Tessa schon vor ihr da. „Guck mal hier“, sagte sie und legte zwei Hosen über den Sessel, der mitsamt einem kleinen

Teetisch, auf dem eine Lilie in einer Vase stand, den Verkaufsraum schmückte. „Die ist nicht ganz billig, aber echt schön. Ich habe sie schon mal in zwei Größen herausgesucht. Falls die eine zu groß ist.“

Pia warf einen unauffälligen Blick auf das Preisschild, das an einer der Hosen baumelte. Und war einer Ohnmacht nahe. Diese astronomische Summe würde sie niemals ausgeben können.

„Tessa, das ... das kann ich nicht“, flüsterte sie.

„Zieh sie doch erst einmal an“, schlug Tessa vor. „Das Geld kommt an zweiter Stelle. Erst einmal geht es darum, ob sie dir überhaupt steht. Vielleicht passt sie dir ja gar nicht? Weder die eine noch die andere“, meinte sie und lachte Pia in ihrer üblichen Weise an – mit einem kurzen Nicken des Kopfes nach hinten. „Dann musst du auch nicht mehr weiter darüber nachdenken.“

„Na gut“, meinte Pia seufzend. „Wenn du unbedingt willst.“

Es war ein verrücktes Gefühl. Pia hatte noch nie ein Kleidungsstück anprobiert, in der Hoffnung, dass es ihr nicht passte. Entsprechend nahm sie sich vor, auf jede, aber auch jede Kleinigkeit zu achten, die nicht ganz stimmte.

Sie begann mit der kleineren der beiden Hosen. Das Preisschild fehlte, aber Pia wusste ja vom größeren Modell, was sie kosten sollte.

Pia streckte die Füße durch die Hosenbeine. Waren die nicht zu lang? Na ja, das war ja meistens der Fall. Und man konnte sie kürzen. Allerdings, nein – sie schienen genau richtig zu sein.

Und der Bund? Ging er überhaupt zu? Bestimmt war er zu eng! Aber ohne Schwierigkeiten schloss Pia den Knopf.

Perfekt! Pia betrachtete sich im Spiegel. Die Hose saß wie angegossen. Hatte sie jemals ein Kleidungsstück besessen, das besser gepasst hätte? Unsicher, wie es jetzt weitergehen sollte, drehte und wendete Pia sich vor dem Spiegel der Umkleidekabine.

„Und?“, rief Tessa von draußen. „Wie ist die Hose? Komm doch mal raus!“

Gehorsam schob Pia den Vorhang beiseite. Sie stellte sich seitlich vor den großen Spiegel, an den Tessa lässig gelehnt stand. Sie hob ihre Bluse, die über den Hosenbund hing, ein wenig an.

„Super!“, stellte Tessa fest. „Wir müssen gar

nicht weitersuchen. Die musst du einfach nehmen!“

„Tessa, ich … ich habe nicht genügend Geld“, sagte Pia jetzt leise. „Es tut mir Leid. Ich finde diese Hose auch ganz toll. Aber ich kann sie mir nicht leisten.“

„Auf einmal?“, fragte Tessa. „Du kaufst dir doch sonst am laufenden Band neue Sachen.“

„Das ist es ja“, sagte Pia und wurde rot. Der Begriff „Kaufen“ traf die Sache nicht so ganz. „Ich bin restlos pleite.“ Das war nun wieder die volle Wahrheit.

„Tja“, sagte Tessa. Ihr Blick ging ins Leere und sie drehte gedankenverloren an einer Haarsträhne. „Du musst es natürlich wissen“, meinte sie dann. „Was dir die Sache wert ist. Die Sache bei Frank, meine ich. Wenn du das mal in Beziehung zueinander setzt: das Geld für diese Hose und das Geld, das du verdienen kannst, wenn du dich jetzt noch ein einziges Mal überwindest und diese Hose kaufst …“

„Ich würde mich ja überwinden, wenn ich …“, begann Pia. Dann verstummte sie.

„Weißt du was?“, meinte Tessa jetzt. „Denk noch einmal ganz in Ruhe nach.“ Sie klang plötzlich nicht mehr so kategorisch wie noch Sekunden zuvor. „Ich gehe in der Zeit weg. In die nächste Abteilung oder so. Damit du ungestört bist. In zehn Minuten komme ich wieder. Okay?"

Pia nickte erleichtert. „Okay." Sie ging zurück in die Kabine. Ihr Entschluss stand eigentlich fest. Die Hose kam zurück auf den Ständer!

Dann betrachtete sie sich noch einmal im Spiegel. Diese Hose war wirklich ein Traum. Noch nie, nie, nie hatte Pia eine so tolle Hose besessen.

Was hatte Tessa gesagt? „Wenn du dich jetzt noch ein einziges Mal überwindest ..."

Pia hatte sich in der letzten Zeit oft überwunden. Wenn es auch nicht darum gegangen war, etwas zu *kaufen*, sondern ...

Pia verscheuchte den Gedanken, bevor er weiter in ihr aufkeimen konnte. Sie hatte sich doch vorgenommen, nie wieder etwas zu stehlen.

Aber trotzdem – ging es nicht nur um einen winzigen Augenblick? Einen winzigen unangenehmen Augenblick, der möglicherweise über ihre Zukunft entscheiden würde? Und was war ihr dieser Augenblick wert?

Nein!, sagte sich Pia und riss sich entschlossen

die Hose vom Leib. Nein, nein und noch mal nein!

Sie zog sich an und hängte die Hose, die sie gerade anprobiert hatte, über den Kleiderbügel. Das größere Modell hing auf dem Bügel daneben.

Pia sah noch einmal auf den Preis an der größeren Hose, auf den Strichcode.

Mit einem Mal durchzuckte sie eine Erkenntnis. Der Strichcode – er fehlte am kleineren Modell. Es wäre also kein Problem, die Hose an der elektronischen Schranke am Eingang des Kaufhauses vorbeizuschmuggeln.

Häng sie auf den Ständer!, befahl sich Pia. Schnell! Sonst ... Sonst ...

Dann war alles wie im Traum. Ohne sich Rechenschaft darüber abzulegen, was sie tat, zerrte Pia die Hose vom Kleiderbügel. Sie stopfte sie in ihren Rucksack und riss hastig den Reißverschluss zu. Sie spürte, wie ihr das Blut in die Wangen schoss.

Sie schob den Vorhang beiseite. Wie eine ferngesteuerte Puppe lief sie auf den Ständer mit den teuren Hosen zu. Sie hängte das größere Modell an seinen Platz, ließ mit einem bedauernden Gesichtsausdruck ihren Finger noch einmal über die Reihe der kleineren Modelle gleiten. Dann drehte sie sich um.

Tessa! Wo war Tessa? Pia hatte hier jetzt keine Zeit mehr zu verlieren. Sie musste gehen. Da war wieder dieser Knoten in ihrem Hals ...

Tessas blonde Haare leuchteten ein Stück weit entfernt in einem anderen Marken-Shop. Jetzt merkte sie, dass Pia sie suchte, und kam zu ihr.

„Und?“, rief sie Pia schon von weitem entgegen. „Wie sieht es aus? Hast du dich entschieden?“

Bevor Pia antworten konnte, fühlte sie eine Hand auf ihrer Schulter. Sie zuckte zusammen, sah sich um.

Ein Mann in einem grauen Anzug, ausgesprochen unauffällig aussehend, stand neben ihr. „Ich muss dich leider bitten, mit in mein Büro zu kommen“, sagte er zu Pia. „Und Sie ebenfalls“, wandte er sich an Tessa.

Was im Büro des Kaufhausdetektivs vor sich ging, bekam Pia nur wie von Ferne mit. Ebenso war ihr kaum klar, wie sie dorthin gelangt war. Sie hatte nur bemerkt, wie sich die Blicke der

Kunden, zwischen denen sie der Kaufhausdetektiv hindurchführte, zusammen mit einem Kollegen, der plötzlich erschienen war, auf sie gerichtet hatten. Auf sie und auf Tessa.

Einen Augenblick lang hatte sie geglaubt, zwischen den fremden Gesichtern der Kaufhauskunden bekannte Gesichter zu sehen. Gleichzeitig aber waren sie wieder verschwunden, waren unscharf geworden in den Tränen, die Pia in die Augen stiegen. Wer sollte hier sein, der sie kannte? Leute aus ihrer Klasse etwa? Mitschüler, die an der Diskussion um die sogenannten Kavaliersdelikte beteiligt waren? Und von wem wollte sie überhaupt, dass er hier sei? In diesem Moment der größten Katastrophe? Des tiefsten Falls?

Während des ganzen Weges zu dem kleinen, versteckten Raum, der über das Treppenhaus zu erreichen war, beteuerte Tessa lautstark, Pia nicht zu kennen. Es sei alles ein Missverständnis. Sie habe Pia verwechselt. Mit einer Freundin, die gerade in diesem Markenshop etwas habe kaufen wollen.

„Kennst du dieses Mädchen?“, wollte der Detektiv nun von Pia wissen.

Pia sah Tessa an. Da saß sie. Die schöne Tessa. Das Mädchen, das bereits einen Teil dessen lebte, was Pias Traum gewesen war. Eine Karriere als Model. Das Mädchen, dessentwegen Pia sich von Mascha und Cherry entfernt hatte. Das Mädchen, das sich als Pias Freundin ausgegeben hatte. Eine Freundin, die jetzt nicht zu Pia stand. Die behauptete, alles sei nur ein Missverständnis.

Kannte Pia dieses Mädchen?

„Nein", sagte Pia. „Ich kenne sie nicht."

„Sehen Sie?", fauchte Tessa. „Was denken Sie überhaupt von mir! Dass ich mit einer Diebin befreundet bin?" Sie verschränkte die Arme vor der Brust und funkelte den Detektiv wütend an.

Der Detektiv lächelte – müde und vielsagend. „Sie können gehen", sagte er und deutete auf die Tür.

Tessa stand auf und stapfte hinaus.

Was sie der Detektiv im Einzelnen fragte, rauschte an Pia vorbei. Er nahm ihre Personalien auf und erklärte ihr, dass spätestens mit der Anzeige ihre Eltern von dem Vorfall erfahren würden. Dass es vielleicht besser wäre, wenn Pia schon vorher mit ihnen redete.

Pia nickte stumm.

„Ich hoffe, wir sehen uns nicht wieder“, sagte er, als er aufstand und Pia die Hand drückte.

Pia schüttelte den Kopf. Sagen konnte sie nichts.

Mechanisch öffnete sie die Tür des Detektivbüros. Wie durch eine Nebelwand sah sie das Licht der Verkaufsräume hinter der Glastür am Ende des Flures.

Als sie in die Helligkeit hinaustrat, musste sie blinzeln.

Die Geräusche des Kaufhauses, die Ansage aus dem Lautsprecher umfluteten sie, brachen wie eine Brandung über sie herein.

„Pia“, sagte eine Stimme von der Seite. Sie drang wie durch eine Wand aus Watte zu Pia hindurch. „Pia!“

Pia sah sich um. Es war Cherry.

„Pia, wir haben ... wir haben alles mitbekommen. Wir waren zufällig hier. Wir wollten Sportklamotten kaufen ...“

Pia hatte das Gefühl, dass sich der dicke Kloß in ihrem Hals gleich in eine Flut von Tränen auflösen würde. Sie wusste nur nicht, ob Tränen der Bestürzung oder Tränen der Erleichterung.

Sie versuchte, etwas zu sagen. „Ich … ich …“

„Komm“, unterbrach Mascha sie aber. Ihre Stimme klang weich. Sie reichte Pia ein Taschentuch und fasste die Freundin unter den Arm. „Reden können wir später. Jetzt bringen wir dich erst mal nach Hause.“

Im selben Moment wurden Pias Knie weich. Bevor sie aber wegknicken konnten, legte Cherry von der anderen Seite ihren Arm um Pias Hüfte.

Einen Augenblick lang fürchtete Pia dennoch, dass sie zu Boden gehen könnte. Dann aber spürte sie, dass Cherry und Mascha sie stützten.

Aber wir sind doch …, schoss Pia ein halber Gedanke alarmierend durch den Kopf.

Dann gab sie ihren Widerstand auf. Es tat ihr gut, sich anlehnen zu können.

An ihre Freundinnen. An Cherry und Mascha.